DU MÊME AUTEUR

Aux Éditions Gallimard

LA NOTE SENSIBLE, roman, 2002 (« Folio », n° 4029).
SEPT JOURS, roman, 2003.
L'ANTILOPE BLANCHE, 2005. Prix Culture et Bibliothèque pour Tous 2006.

Aux Éditions Gallimard Jeunesse

MANUELO DE LA PLAINE, Folio Junior, 2007.
BONNES VACANCES !, Scripto, 2003 (collectif).
DE L'EAU DE-CI DE-LÀ, Scripto, 2004 (collectif).
VA Y AVOIR DU SPORT, Scripto, 2005 (collectif).

Autrement Jeunesse

LE RÊVE DE JACEK, collection Français d'Ailleurs, 2007.
LE CAHIER DE LEÏLA, collection Français d'Ailleurs, 2007.

L'ÉCHAPPÉE

VALENTINE GOBY

L'ÉCHAPPÉE

roman

GALLIMARD

© Éditions Gallimard, 2007.

*À Suzanne, mon arrière-grand-mère,
Billie, ma grand-mère,
Sophie, ma mère.*

À celles qui ne se sont pas laissées mourir.

Sometimes, I feel like a motherless child.
A long, long way from home

LOUIS ARMSTRONG
The Good Book

Nuages gris

Madeleine grelotte. Elle souffle sur ses doigts. Une main après l'autre. Un froid mouillé s'engouffre sous sa jupe. Elle plaque sa jupe contre ses cuisses. Les arbres nus succèdent aux arbres nus, découpés sur le ciel gris-mauve. Elle fixe le ruban d'asphalte. Elle serre le châle sur sa poitrine. Le nœud se défait. La laine oscille contre sa joue, énervante. Elle enfonce le bonnet sur ses oreilles. Elle pédale à toutes jambes. La dynamo frotte contre la roue. C'est une vibration légère, berçante. Le phare n'éclaire rien, affaibli par la toile réglementaire. Tout juste utile à signaler une présence humaine aux halos tremblotants qui le croisent. Un soupçon de vie dans l'hiver.

Dix kilomètres de bruine encore. Rennes est une masse obscure à l'horizon, serrée derrière d'épais rideaux, des volets clos. À cette heure, Jeanne est arrivée à l'hôtel après un détour par les bois sur le porte-bagages d'Antoine ; un détour par Antoine tout court. Elle a emporté par erreur la clé du cadenas de la bicyclette. Il a fallu deux heures à Madeleine pour forcer la serrure.

La route est étroite, bordée d'obstacles. Ornières, ruisseaux cachés, petits ravins, buissons de ronces. Elle longe les champs immobiles, déjà pris sous le givre. Pleins de craquements. De cris de bêtes. Le ciel compact ne laisse filtrer, à l'ouest, qu'un rai de lumière violette, presque noire.
Un grelot familier se rapproche. Madeleine accélère, pose les deux mains sur le guidon. Sa jupe s'envole. Frédéric la frôle, debout sur les pédales. Il se poste en travers de la route. Elle pile.
— J'ai pas le temps, ce soir, je suis trop en retard !
Elle colle un baiser sur sa bouche fraîche. Il rit. Il saisit ses poignets, elle s'accroche au guidon. Il faufile ses mains sous le chemisier, prend les seins dans ses paumes.
— Fous-moi la paix…
Il l'attire derrière les buissons. Il glisse ses doigts dans sa culotte. Elle le laisse faire. Il a vingt ans, il sait s'y prendre.
C'est une fin de dimanche comme les autres, sur une route déserte entre Moermel et Rennes, peu avant le couvre-feu.

Ensuite, elle pédale fort. Des silhouettes verticales surgissent de chaque côté de la route, troncs d'arbres, poteaux télégraphiques plus denses que la nuit. Elle compte les troncs. Ils se détachent de l'obscurité et y replongent aussitôt. Quarante-cinq, quarante-six. Une goutte s'écrase sur sa main. Huit kilomètres encore. Le vent s'infiltre dans les mailles de son tricot, pulvérise la buée blanche échappée de sa bouche. Son châle dénoué flotte sur ses épaules, les franges claquent dans son cou. Elle ne sent plus le bout de ses doigts. De ses orteils. Son visage est glacé. Elle plonge une main dans sa poche. La poche est vide. L'autre poche, vide aussi. Elle freine. Elle palpe ses vêtements, fouille sa sacoche. Brosse à dents. Chemise. Peigne. Bas de laine. Laissez-passer. Carte grise. Sa gorge se serre. Le sang bat fort à ses tempes. Elle laisse tomber la bicyclette, elle cherche à mains nues sur la route. Les graviers roulent sous ses doigts. Elle se relève, fixe le garde-boue. La roue continue à tourner dans le vide. Elle arrache la toile du phare, elle fait demi-tour, elle pédale lentement, scrutant chaque ornière à travers le faisceau jaunâtre. Goudron, poussière, cailloux. Feuilles mortes et luisantes. Maintenant, la pluie tombe dru. Elle court jusqu'aux buissons, tâte le sol où elle était couchée tout à l'heure avec Frédéric. Une terre brune, visqueuse s'enfonce sous ses ongles. Les tickets de rationnement fondent quelque part dans une flaque, bouillie grise, perdus.

Deux kilomètres à l'est, Moermel. La maison. Le frère, de vingt ans son aîné, cure ses pipes avec application. Il lustre le bois à la cire d'abeille. Gomme au chiffon les résidus de carbone. Souffle dans les fourneaux. Un œil fermé, il examine les conduits. Il fait coulisser la chenillette. Il lève le tuyau vers la lumière. La pièce lui apparaît par cette minuscule ouverture encombrée de poussière. Une fenêtre d'un millimètre carré sur le monde extérieur, qu'il polit, patiemment, la langue entre les dents. Madeleine regarde ce visage, en tout point semblable au sien. Il promène son tuyau de pipe autour de lui : un œil, un lobe d'oreille, une serrure, un bouton de chemise. Le frère range ses accessoires dans un petit sachet réservé à cet effet. Il ferme les yeux, la pièce est trop vaste pour son regard. Il somnole.

Certains soirs, la mère se penche sur le fils comme le fils sur sa collection de pipes. Elle arrange ses cheveux, soulève son menton de sa paume ouverte : « Tu devrais te brosser les dents. Tu as des poils dans le nez. Déjà de la couperose… Tu ne peux plaire qu'à ta mère. » Elle referme doucement les doigts. Ils se regardent, jusqu'à ce que le fils repousse la main. Ensuite, la mère frotte, lave, essuie, rapièce, tricote, crochète, pèle, coupe, écrase, tripote un chapelet, repasse. Chiffons, aiguilles, rosaires, ciseaux, couteaux, casseroles tiennent Madeleine à distance. Lui tiennent lieu de mère. En particulier la boîte à couture, depuis ce jour de mai 1940 où deux rondeurs molles ont affleuré sous sa chemise. La mère a vendu les vêtements de Madeleine. Taillé elle-même des vestes amples, des robes informes. Défait les ourlets jusqu'aux lignes de coupe, distendu les coutures, noyé ses contours dans les plis d'étoffe. La boîte à coupure vient à bout de tout ce qui pointe, gonfle, ondule, frémit sur le corps de Madeleine. La mère lisse, rabote, nivelle les vêtements de sa fille comme elle se fraie un passage dans la maison, à travers les rues du village ou au marché, à travers l'existence : d'un mouvement tranchant, définitif. Après, la boîte à suture assemble les pièces de tissu. Les referme sur le corps.

Collé au poêle dès le soir, le père se cure les ongles. Il ressasse les comptes de l'épicerie, litanie de chiffres où se mêlent les stocks, le bénéfice, les ardoises, une vie faite de kilos de conserves, de sacs de farine et de mauvais biscuits. Par instants il se tait, caresse les accoudoirs du bout des doigts, les yeux fixes, laissant se mouvoir quelque vision heureuse à la faveur de sa fatigue. Il sourit. Sa main râpe comme du papier de verre, pauvre père, ses doigts ont élimé le velours, doux comme une peau de fille. La vision disparaît. Le père frissonne. Il retrouve ses chiffres. Personne ne songe à l'interrompre. Tous trois vont dîner de soupe claire. Lire un peu. S'occuper les mains puis dormir.

Madeleine essuie la pluie sur son visage. Huit kilomètres à l'ouest, Rennes. L'Hôtel des Ducs. La petite chambre glaciale au septième, les matelas serrés sous le toit. Jeanne, presque endormie sous les couvertures. La pluie redouble. Madeleine enfourche sa bicyclette, elle traverse la nuit, la pluie vers Rennes. La faim s'installe. L'idée de la faim, qui dessine au couteau les contours de l'estomac. Ordonne autour les bras, les jambes, les seins. Le cerveau. Toutes les parties du corps. Le village, la ville, les hectares de champs vides. Les trajets entre Moermel et Rennes, les milliers d'assiettes débarrassées lavées essuyées rangées, les poignées de cheveux et de poils retirées des douches, des éviers, des baignoires, les paniers lourds, les mains gercées, les mauvaises nuits, les veillées silencieuses, les dimanches raccourcis. La faim s'installe, ses prémices douloureuses et suaves. Une crampe. Morsure sur le paysage lisse. Sur la morne plaine de Moermel, sur les journées mille fois recommencées. Une crampe, fulgurante et chaude dans la nuit qui n'en finit pas, depuis des mois, des années, depuis toujours. Madeleine longe les bois, les champs vides, les bâtisses aux pourtours incertains. Le décor s'efface, matière opaque noyée dans l'averse. Ni perspective ni volumes. La route dévide sa boue noire mètre après mètre, s'enroule autour du pneu comme un ruban sale. Il semble à Madeleine qu'elle pédale sur place.

À chaque carrefour, la route s'élargit. Madeleine entre dans les premiers faubourgs. Elle ralentit. Laisse filer les roues sous ses jambes immobiles. Le battement des rayons s'atténue peu à peu, jusqu'à l'arrêt. Elle écoute. Elle attend. Ni voix, ni pas, ni phares. La rue est déserte. D'une main, elle soulève la dynamo. Elle continue à pied. Pas de lune. Pas d'étoiles. Sa jupe grise n'accroche aucune lumière. Elle choisit les rues étroites. Les rues à passages, à portes cochères, à voûtes noires, criblées d'abris. Elle marche lentement, la main refermée sur le grelot de la sonnette. Elle entend tout. L'infiltration de l'eau dans la terre. Le pas d'un chat. Le grincement léger d'une grille entrouverte. Le goutte-à-goutte des toits. L'écho démesuré de sa respiration.

Tout près, le centre-ville. Bientôt le quartier des hôtels, des restaurants, des cafés, des maisons de tolérance, immergé dans la même nuit, dans le même silence. Bouclé comme un coffre-fort. Elle imagine tout. Dormir dans une cage d'escalier. Frapper chez Sabine, une fille qui travaille à l'hôtel, espérer qu'elle ouvrira sans réveiller ses frères, qui gueulent à qui veut l'entendre que la France est pourrie. Ou bien, se réfugier à la gare. Faire mine, comme certains mendiants, d'y attendre le train de minuit. Se cacher derrière les stocks du Ravitaillement, jusqu'au matin. Mais que faire de la bicyclette ?

Premières lumières bleues des restaurants de l'armée. Avenue Janvier. L'Hôtel des Ducs est à trois cents mètres. Deux hommes surgissent de nulle part sur le trottoir d'en face, une torche à la main. Ils passent sans la voir. Ils frappent au carreau d'un rez-de-chaussée, à quelques pas :

— La lumière !

À l'intérieur, une main ajuste le rideau. Ils s'éloignent. Des éclats de voix. Des chants. Dedans ? Dehors ? Madeleine mord sa lèvre. Sa lèvre saigne. Le goût du sang l'écœure. Elle serre les mâchoires. Elle tient son corps, elle tient sa peur. Une porte claque. Deux cents mètres. Elle devine les moulures de la façade. Elle s'agrippe au guidon de toutes ses forces. Le relief des poignées s'incruste dans ses paumes.

— Eh là !

Madeleine porte la main à ses yeux, aveuglée par une lumière blanche. Un corps la bouscule, la bicyclette vacille, la roue avant s'affaisse, comme crevée. Le faisceau tombe. Des taches brunes dansent devant ses pupilles ; sur le visage du policier qui la fixe, en face ; sur l'homme qui se tient à côté d'elle, appuyé au guidon, et que son uniforme vert-de-gris rattache à la nuit. Madeleine cligne des yeux, l'éblouissement se dissipe. L'homme debout à ses côtés s'adresse au policier.

— Mademoiselle est avec moi.

L'accent est léger. Tandis qu'il parle, l'homme range dans sa poche un objet luisant. Le policier, comme Madeleine, a vu briller la lame du petit couteau.

— Prostituée ? demande l'homme à la torche.

Madeleine plante ses yeux dans ceux du policier. Elle serre son châle sur sa gorge. Il ne voit pas le manteau trop large ? Il ne voit pas les manches béantes ? Il ne voit pas la jupe moche ? Il ne comprend pas qu'elle n'a plus de seins, plus de hanches, plus de fesses, la mère a si bien réussi à raboter tous les reliefs. Prostituée ! Il faudrait ouvrir les bras, qu'il se rende compte, Madeleine est semblable aux cylindres noirs échappés de la nuit tout à l'heure, sur le bord de la route, troncs d'arbres nus, et morts. L'homme vert-de-gris secoue la tête. Il faudrait qu'il dise non, juste : non.

— Un accident à la sortie du bois. Je passais par là. Je n'ai rien pu faire pour mademoiselle. Constatez vous-même.

Le policier braque la lampe sur le pneu. L'entaille est précise. Large. L'homme aurait pu blesser Madeleine en enfonçant la lame avec une telle violence.

— Où allez-vous ?

L'officier répond d'une voix tranquille :

— À l'Hôtel des Ducs.

Madeleine sursaute. Comment sait-il ? Le policier sourit. Madeleine a honte. L'homme pousse doucement la selle, porte la main à sa casquette. Le policier s'écarte. Madeleine avance. Ses semelles claquent contre le sol. Elle en retient le choc. L'homme la suit, légèrement en retrait. La bicyclette tressaute. Le grelot de la sonnette tinte doucement. La roue écrase le caoutchouc crevé dans un bruit d'éponge.

Tout près un train s'ébranle. Les bruits de pistons, de machines, les explosions couvrent le chuintement du pneu, se répercutent de façade en façade. L'homme élève la voix par-dessus le vacarme :

— Bien entendu, je ne vous propose pas mon aide.

Madeleine compte les marques brunes sur le trottoir. Elle se répète que l'homme va s'en aller. Neuf. Dix. Onze. Les wagons râpent douloureusement les rails. Elle compte les halos bleus : un restaurant, deux restaurants. Les ombres s'étirent et se rétractent sous les faibles ampoules. Le train s'éloigne. Le fracas reste. Métal frappé entre ses tempes, le bruit de sa colère.

Il pleut encore, à gouttes espacées. Le sol luit par endroits. La main de l'homme traverse son champ de vision. Elle s'y attarde. C'est une main large aux ongles soignés, aux articulations de fille. On approche de l'hôtel. Il s'arrête. Une gouttière se déverse aux pieds de Madeleine. Elle regarde l'eau grise contourner ses chaussures, tentée d'y sauter à pieds joints puis de s'enfuir dans la nuit. La colère cogne dans sa tête.

— Entrez la première. J'attends un peu.

Elle ne se retourne pas. Elle ne veut pas savoir ce

que cet homme attend. Elle passe le coin. Elle frappe à la porte. La patronne ouvre.

— J'ai crevé.

La gifle la soulage. Et le tour de clé donné par Elena.

Madeleine laisse la bicyclette dans la cour. Elle se déchausse, monte l'escalier jusqu'au septième. Elle tourne la poignée, se glisse dans la chambre. Ôte un à un ses vêtements mouillés. Rabat la couverture sur sa tête, serre contre Jeanne son corps de seize ans, son corps tremblant et glacé contre un autre, et comme c'est bon, ce soir, que l'autre en ait vingt-trois.

*

Le son qui la réveille vient de très loin. Deux syllabes en écho, douloureuses. Debout, debout. Elle est immobile et son corps lui fait mal. Lourd. Debout. Debout.

Madeleine frissonne, des cailloux plein la gorge. Des doigts palpent son front.

— Tu es brûlante. Tes vêtements sont trempés... Qu'est-ce que tu as fait ?

Madeleine entrouvre les paupières. Entre ses cils, elle soulève la pièce entière. La pièce vacille. Jeanne est penchée sur elle, planète blanche dans la nuit de ses cheveux. Elle oscille légèrement et l'ampoule, au plafond, l'auréole par intermittence.

— Je t'ai attendue hier soir. Où tu étais ?

— La clé du cadenas... c'est toi qui l'avais. Quelle heure il est ?

— Sept heures.
Madeleine se hisse en position assise. Le visage de Jeanne bascule lentement, et le cou, et les épaules. La douleur est atroce.
— Vas-y, descends. J'arrive.
Jeanne tend à Madeleine son uniforme gris pâle. Elle ferme la porte derrière elle. Madeleine glisse un bras dans la chemise. La caresse est glacée. L'autre bras. Elle frissonne. Elle boutonne le col, les poignets face au miroir, avec lenteur, fatiguée du poids de ses mains, de ses bras, de son corps. Ensuite elle monte sur la chaise. Elle détache le drap sombre qui obstrue la fenêtre. Comme chaque fois, il laisse sur ses doigts une trace de teinture noire. En contrebas, des enfants se postent devant le dépôt de pain.

Madeleine descend à la cuisine. La buée colle aux fenêtres. Les bouilloires sifflent. L'eau coule. Des portes s'ouvrent, frottent contre le sol. Des silhouettes bleues s'affairent autour de la gazinière. Elles ont des gestes lents encore. Plusieurs, les yeux dans le vague, mouillent leur pain dans le café national au goût de gland et de racine. Elles soufflent sur les tasses brûlantes. Boivent à petites gorgées.
Madeleine ne se mêle pas aux filles. Ce matin, le moindre son fait mal. Elle prépare les plateaux. Tasses, assiettes, paniers à pain, œufs coque. Jeanne lui tend un verre d'eau. Elle boit. Les cailloux glissent dans sa gorge. Son sang a un goût d'encre.
La salle à manger est vide. Madeleine tire les

rideaux opaques, pousse les volets sur la rue. Elle retourne une à une les tasses dans les soucoupes, verse de l'eau dans les verres. Comme toujours, Von Übsen, l'homme du Ravitaillement, descend le premier, accompagné des trois officiers à lunettes qui le suivent partout : « les quatre saisons ». L'un a la peau fleurie. Le deuxième un hâle de paysan. Le troisième est chauve, gris comme un ciel de traîne. Von Übsen est l'hiver. Il en a l'immobilité, et le goût du silence. Il s'incline, offre un sourire glacial et s'assied sans bruit. Il commence à manger.

— Bonjour, mademoiselle.

Cette voix, par-dessus l'épaule de Madeleine, n'est ni inconnue ni vraiment familière.

— Je vous prie de m'apporter du thé.

Madeleine se retourne. Elle reconnaît les mains larges entrevues dans la nuit, leur ossature fine. Elle rougit.

— Bien, monsieur.

À la cuisine, les rires l'arrêtent tout de suite. Jeanne traverse la pièce le menton haut, les bras tendus le long du corps, les jambes raides.

— « Auriez-vous la grâce de me faire monter une infusion »... Je vous jure, je n'exagère pas... Amidonné de l'intérieur, le Boche ! « La grâce »... la grâce de lui faire monter une infusion !

Jeanne exécute une petite révérence.

— Tu le trouves comment, Mado ?
— Qui ?
— Le nouveau !

— Quel nouveau ?
— Le nouvel occupant de la chambre 18, aux mains de fille et d'étrangleur... viens voir.
Jeanne entrouvre la porte.
— Là, à côté de Von Übsen.
— Il m'a demandé du thé.
— Avec grâce ?
Madeleine sourit. Elle remplit la théière, y jette une poignée de feuilles. Elle pousse la porte du pied, traverse la salle pleine d'officiers, l'odeur d'eau de Cologne et de café. Le plateau penche. La pièce bascule. Elle s'arrête. La crampe s'apaise. Elle rejoint la grande table et sert le nouveau pensionnaire. Ensuite elle marche vers un coin de la salle où se tient une autre fille. Elles attendent, immobiles, qu'on ait besoin d'elles.
— Quel âge à ton avis ? demande l'autre.
— Au moins trente...
— Dis donc, tu t'es fait drôlement attraper hier soir ! En pleine nuit, ma pauvre...
— Comment tu sais ?
— Mon amoureux, Jeannot... Il t'a vue arriver...
— Arriver où ?
— Il était vraiment tard.
— Dedans ou dehors ?
— J'en sais rien, moi !
La fille chuchote, agaçante.
— Je l'ai caché une heure dans ma chambre...
— Qui ça ?
— Mais mon amoureux...

— Rappelle-toi ! Où est-ce que j'étais quand il m'a vue ? Dans la rue, dans l'entrée ? Qu'est-ce qu'il a vu ? Est-ce qu'il l'a raconté à quelqu'un d'autre que toi ?
La fille a un mouvement de recul.
— Mais qu'est-ce que ça peut faire...
Un officier appelle au fond de la salle. La fille s'éloigne en haussant les épaules. Le nouveau pensionnaire se lève et sort. Madeleine n'a pas encore vu son visage. « Tout est là, répète la mère chaque dimanche en tournant le linge bouillant dans la lessiveuse, les hommes t'attrapent *par les yeux* et le reste suit. Quarante mille Boches à Rennes, tu vas connaître par cœur le bout de tes chaussures. Me fais pas de saloperie, Madeleine. » La mère remue l'eau grise, de toutes ses forces, décidée à venir à bout des taches les plus tenaces, et un semblant de mousse se forme à la surface. Un soir, pour être sûre, Madeleine a regardé Frédéric déboutonner son corsage. L'a regardé lui. Il a posé les mains sur ses seins. L'a regardée, elle. Elle n'avait plus du tout envie de rire, comme d'autres fois. Ses doigts glissaient sur elle, en elle. Ses yeux dans ses yeux étaient des mains supplémentaires, et pour ne pas lui céder tout à fait elle avait dû baisser les paupières. À quel moment le père et la mère s'étaient-ils regardés de cette façon ? Le frère était né. Elle était née, et cela semblait un miracle, que le père ait pu avoir les mains de Frédéric, les yeux de Frédéric, et la mère ses yeux à elle. Certains enfants sont conçus les yeux clos.

Cette journée ressemble à toutes les autres. Madeleine attend la nuit, son lit, l'oubli. Plus de tickets de rationnement. Elle a troqué le ménage de la chambre 18, celle du nouveau pensionnaire, contre un verre de lait, guettant depuis la pièce voisine tandis que Sabine prenait son temps, lissait du plat de la main les draps tout juste repassés, observait chaque recoin pour détailler ensuite, en cuisine, la liste des objets personnels de l'occupant, matériel de toilette compris. Le soir, Sabine rapporterait cette étrange découverte : un rouleau de papier fin comme une mue, divisé en cases grises et blanches, qui déplié sur le bureau forme une sorte de clavier de piano sensible au moindre courant d'air.

La nuit tombe. Les filles battent des omelettes à six œufs. Six œufs par personne. En pleine guerre. Cinq ou six, qu'est-ce que cela peut faire ? Elles font frire le dernier en cachette, et le dégustent à toute vitesse en se brûlant la langue. Elles se tiennent un moment contre le poêle Godin, aspirent un bol de soupe et se préparent au dernier service. Ce soir Madeleine boit un verre d'eau chaude.

Le rituel du repas se déroule sans surprise. Les « quatre saisons » entrent à sept heures trente précises, dans l'ordre attendu. Suivent les trente-six autres convives, discrets, polis. L'occupant de la chambre 18 reprend sa place aux côtés de Von Übsen. La buée couvre peu à peu les vitres. À huit heures trente les cafés seront servis. Dans une heure la vaisselle est faite, essuyée, rangée. Les nappes mises pour le petit déjeuner. Madeleine lutte contre le sommeil. Mord l'intérieur de ses joues, enfonce les ongles dans ses paumes. Von Übsen s'appuie au dossier de sa chaise, redemande un café. Il allume une cigarette, qu'il déguste en silence, légèrement en retrait, laissant à ses voisins le soin d'animer la conversation. La cigarette se consume lentement entre ses doigts. La cendre ploie, s'effondre dans le cendrier. Il efface d'un revers de main les particules tombées sur la nappe. Il écrase la cigarette. La journée va enfin s'achever.

Mais Von Übsen fait tinter un couteau contre son verre. Il parle dans sa langue. Le nouvel arrivant salue l'assemblée d'un mouvement de tête, sous les applaudissements. Le petit homme chauve traduit :

— Mesdemoiselles, madame Elena Grangère, le pianiste Joseph Schimmer nous a rejoints à Rennes, où il se produira pour le plus grand plaisir des publics allemand et français. Héroïquement blessé dans le nord de la France, il a sauvé ses mains, dont il ne se servira plus que pour nous enchanter.

— Herr Schimmer, wir bitten Sie...

— Veuillez, monsieur Schimmer, nous jouer un air... de circonstance.

Joseph Schimmer traverse la salle. Il se dirige vers le meuble qui fait face à la cheminée. Il ôte le vase de fleurs, le pose par terre. Il débranche la lampe, plie le napperon. Il passe la manche sur la surface brune marquée de cercles plus sombres, contours de verres humides, de carafes, de bouteilles. Il soulève le couvercle sur une béance rouge. Il roule l'écharpe de feutre bordeaux. Il s'assoit. Il pose les mains sur les touches ivoire, il frappe trois accords. Ses doigts descendent le clavier à toute vitesse. Il pince les lèvres, secoue la tête. Il ajuste la hauteur du tabouret. Tapote les pédales du bout du pied.

Ses doigts s'enfoncent dans le piano. Lentement. Des notes naissent du silence. Tenues. Espacées. Elles retournent au silence. Elles ne se suivent pas, elles existent distinctement. Pour elles-mêmes. Imprévisibles. Elles ne racontent rien, ce n'est pas une mélodie. C'est une couleur. Ou plutôt, un nuancier. Une oscillation ténue du gris clair au gris foncé. Peu à peu l'écart se creuse entre les notes. Entre les teintes, à peine plus contrastées. C'est une danse exiguë. Peut-être une valse. Ni triste, ni gaie. Flottante. Traversée de spectres. Elle s'étire du grave à l'aigu, par paliers successifs, et s'interrompt brusquement, inachevée. Un silence. Tous comprennent que ce silence est une note. Cela se termine par un scintillement. Une dispersion argentée. Un bruissement d'aile.

Joseph Schimmer se lève.

— *Nuages gris*, de Franz Liszt.

Le nuage passe. Personne n'ose applaudir. Ils attendent, suspendus au verdict de Von Übsen.

— Un air de circonstance...

Von Übsen pianote d'une main sur la table. Il sourit.

— Monsieur Schimmer, Rommel débarque tout juste en Afrique. Quel triste présage.

— Sauf votre respect...

Joseph Schimmer se tourne vers la patronne, Elena.

— ... madame vient de perdre son père.

Des pans de brume restent en suspens sous le plafond. Une chaise grince. Des phares balaient les vitres opaques de la salle à manger.

— Voici pour Rommel.

Un éboulement furieux s'abat sur le clavier. Ce n'est pas de la colère. Ce n'est pas joyeux. Cet homme a cent doigts. Ses doigts sont reliés à tous les muscles de son corps. Muscles des cuisses, muscles des bras, de la mâchoire, muscles du dos, tendons, veines saillantes sous l'épiderme. Le tabouret craque, le piano frappé rend des notes, des milliers, ce ne sont pas des doigts qui cognent les touches, ce sont des poings fermés, ils percutent les murs, les peaux, les vertèbres, battent le sang. Madeleine n'a jamais entendu pareil bruit. Pareille douceur : çà et là, un ruissellement inattendu, un éboulis de petits cailloux, galets brillants, quartz irisés. Il y a des notes pour les nerfs, des notes pour les cils. Ses cils. Quatre accords, Joseph Schimmer se lève. Sa poitrine enfle, il respire vite. Son front luit. Von Übsen applaudit. Tous applaudissent, péniblement.

— Liszt, encore, Herr Schimmer ?

— *Les Fusées.*

— En effet. Sollten wir uns jetzt nicht etwas entspannen, oder... Un apaisement, voulez-vous ? Mozart. Bitte schön.

Joseph Schimmer passe un mouchoir sur son front. Il se baisse. Ouvre une sacoche en cuir, en tire un recueil de partitions. Il en lisse la couture centrale et le pose sur le pupitre.

— J'ai besoin d'une main pour tourner les pages... Mademoiselle ?

Madeleine. C'est elle qu'il regarde. Appuyée au mur d'en face, la patronne, Elena, fixe Madeleine, stupéfaite. Il faudrait dire : *Je ne connais pas la musique*, mais Joseph Schimmer le sait déjà. Ils le savent tous. Il faudrait écarter les bras, qu'ils se rendent compte, comme le policier hier soir, comme Joseph Schimmer, de l'ampleur des vêtements de Madeleine, de son absence de seins, de hanches, de fesses, elle n'a pas de corps, elle n'est pas une fille à soldats, elle n'a aucune raison d'approcher Joseph Schimmer. Mais Madeleine avance, par crainte ou par défi. Elle se tient debout, les mains croisées sur sa jupe. Elle lit, sans la moindre idée de prononciation : *Klavierkonzert 21. Andante*. Sur le papier crème, un enchevêtrement de sphères noires, de points, de tiges, de coups de crayon. Des écheveaux de lignes. Cela monte et descend, sautille d'un fil à l'autre. Ondule et s'interrompt de façon aléatoire. Le pianiste place ses doigts sur le clavier. Dans dix secondes, Madeleine aura l'air complètement idiote. C'est peut-être ce qu'ils veulent. Joseph Schimmer commence à jouer.

— Laissez la partition. Ne quittez pas mes yeux.

Ses yeux. Madeleine s'écarte légèrement. Elle les voit de biais, à travers les cils. Ses pupilles sont fixes. Il ne lit pas. Il embrasse d'un seul coup d'œil la page entière, l'enferme sous ses paupières et se penche sur le clavier.

La mélodie n'est pas étrangère à Madeleine. Elle évoque le grand escalier de la maison Esther, où elle a vécu un an, la porcelaine fine rangée dans les placards, les placards vides et la vaisselle vendue depuis la disparition de Monsieur, un matin de printemps. Une fenêtre s'ouvre au premier étage de la maison. Un flot de lumière en descend. Et une musique, diluée dans la nuit parmi les herbes hautes, à l'heure où Madeleine referme la porte derrière elle.

Madeleine lutte contre sa pensée en dérive. Elle suit l'éclair bleu qui se détache de l'ombre selon l'inclinaison de la tête de Joseph Schimmer. *Les hommes attrapent par les yeux, le reste suit.* Il la regarde. Elle pose les doigts sur la partition. Il abaisse les paupières. Elle tourne la page.

Joseph Schimmer regarde ses mains. À travers ses mains. Elle regarde ses yeux. Elle voit tout. Les ridules de ses paupières. Les milliers de nerfs qui s'emparent de cette chair fine, si réactive au mouvement des doigts. Il lève les yeux vers le mur, elle renonce à deviner les visions qui l'habitent. Elle obéit, il faut tourner les pages. Elle revient aux yeux de Joseph Schimmer. Elle s'y ancre. Il la regarde, abaisse les paupières, elle tourne la page. Il détourne les yeux. Pas elle. Les mains du pianiste sont des ombres en mouvement, des événements périphériques, et le son aussi, périphérique, ce qui compte est de suivre les pupilles, l'éclair bleu, de suivre les paupières, d'y accorder sa main à elle. Elle tourne une autre page. Ignore qu'aucune ne va suivre. Le dernier regard de Joseph Schimmer est pour elle. La main de Madeleine rencontre le grain de la couverture.

Tout de suite Von Übsen applaudit, et les autres. Mozart les rassure, ou bien c'est l'idée d'aller enfin dormir, ou au café, ailleurs. Tous se lèvent.

Dans la salle vide, les filles secouent les nappes et débarrassent les tasses.
— Alors, petite Fräulein, on connaît la musique ?
— Bien sûr que non !
— Tu fais semblant ?
— Je tourne la page quand il ferme les yeux, c'est tout. C'est facile.
L'eau de vaisselle est froide. Madeleine retrousse ses manches. Un plongeon glacé.
— Tu le connais, Joseph Schimmer ?
Madeleine rit.
— Que tu es bête !
— Il t'a choisie comme ça ? Au hasard ? Alors que Sabine connaît le solfège ?
— C'est vrai, tu aurais pu parler de Sabine !
— Il t'a donné quoi ?
La fille parle trop près.
— Tu as bien reçu quelque chose ?
— Arrête.
Madeleine rince les tasses. Jeanne pose les draps noirs aux fenêtres.
— Fous-lui la paix.
La fille se détourne, elle ricane.
— On sait bien que c'est pas gratuit !
— La ferme.
— Quelles foutaises, ces morceaux. Ils appellent ça de la musique ?
— Ça flanque la trouille.
— Suffit de taper comme une brute sur le piano.
— Au fait, qui s'occupe de la chambre 18 ?
Madeleine sèche ses mains.

— Je vais me coucher.
Jeanne allume une bougie.
— Je viens avec toi.
Elles montent l'escalier. Au dernier étage, sous les toits, une zone de nuit totale. Les marches sont hautes, le plafond bas. Pas de fenêtre. Il faut se pencher, marcher courbé jusqu'à la chambre. Madeleine frissonne.
— Ça gèle, par ici.
Madeleine et Jeanne s'allongent face à face, tout habillées sous la couverture, les chemises de nuit serrées en boule contre leur ventre. La flamme oscille sur la table de chevet. Jeanne se tourne sur le dos, les mains à la verticale. Elle frappe sur un piano imaginaire, grimace des sons lugubres et graves, projetant au mur l'ombre démesurée de ses doigts. Elle pince Madeleine. Madeleine éclate de rire. Jeanne glisse ses mains dans son cou, dans ses oreilles, les plis de ses genoux, puis retombe sur l'oreiller. Elle ferme les yeux. Madeleine remonte le drap. Le battement de son cœur décélère, proche du silence. Une lueur bleutée tremble au plafond, discrète projection du miroir.
— N'accepte rien de lui, Mado.
— Il n'y a rien à accepter.
Sous les draps, elles ôtent un à un leurs vêtements. Les jettent au hasard sur le plancher, préservant la tiédeur du lit. Une fois nues, elles enfilent les chemises de nuit.
— Faut que je te dise, j'ai crevé hier soir.
— J'ai vu. À l'heure où t'es rentrée, tu as eu de la veine de ne pas te faire prendre.

*

Un matin, Joseph Schimmer descend avant l'horaire. Seul. Il s'assoit dans la salle à manger. La table n'est pas encore mise. Madeleine est seule aussi. Elle déplie une nappe. Déploie le tissu d'un geste ample. Le froissement blanc efface le visage de Joseph Schimmer. La nappe retombe. Madeleine glisse de l'autre côté de la table, et ajuste les plis.
— Vous voulez du thé ?
— Achevez, mademoiselle.
Une à une, Madeleine étend toutes les nappes. Elle se déplace d'un point à l'autre de la pièce autour de Joseph Schimmer, orchestre les éclipses de son visage comme les magiciens absorbent un oiseau dans le creux d'un foulard, le restituant aussitôt. À chaque déploiement de tissu, un courant d'air soulève les cheveux échappés de son chignon. Le visage de Joseph Schimmer s'évanouit dix fois. La onzième fois, Madeleine lève les yeux. Pourquoi la onzième, il n'y a aucune raison particulière, c'est peut-être une intuition, ou bien une manie de compter jusqu'à onze, tout le temps, les marches d'escaliers, les piles d'assiettes, les coups de brosse dans les cheveux, et la onzième fois, justement, Joseph Schimmer sourit. L'instant d'avant, rien. L'instant d'après, comment savoir, la douzième fois par exemple, son sourire serait peut-être mort. Elle tente, mollement, de lutter contre son sourire à elle. Elle baisse les yeux puis, à nouveau, elle ne peut pas s'en empêcher, elle compte jusqu'à onze.

Elle pense à l'institutrice de Moermel, qui dictait les définitions par-dessus le bruit sec de l'horloge fixée au mur, calquant sa voix sur le rythme de la trotteuse, comme Madeleine module ses gestes sur onze pulsations. La vieille madame Dreuze prenait son temps, sûre d'elle, elle répétait trois fois, huit fois, les yeux dans le vide, suivant la cadence de l'horloge, et s'arrêtait toujours à l'instant où l'aiguille achevait un tour de cadran. Madeleine déplie dix autres nappes, les soulève, les lisse. À la onzième, elle est tentée de lever les yeux ; elle se retient.
— Vous êtes sûr, vous ne voulez rien boire ?
— Continuez.
— J'ai terminé.
— Recommencez.
Il faudrait refuser. Tourner les talons, regagner la cuisine. Mais Madeleine, devant les officiers et le personnel de l'hôtel, a tourné les pages d'une partition qu'elle ne savait pas lire ; elle est seule avec Joseph Schimmer, pourquoi ne pas céder, encore une fois, à la douceur ? Madeleine recommence. Une lumière grise entre par la fenêtre. Assis sur sa chaise, Joseph Schimmer pivote sur lui-même pour la suivre. La lumière grise ou Madeleine. La lumière sur le visage de Madeleine. Son visage dans l'ombre, alors qu'elle passe devant les fenêtres. La lumière oscillant sur sa joue. Sur son front. Sur l'autre joue. Glissant sur les reliefs, dans les creux, en reflets argentés. Madeleine sourit, elle n'y peut rien. Alors il demande :
— Je voudrais que ce soit vous qui fassiez ma chambre.

Chambre 18. Toutes les filles ont baissé cette poignée de porcelaine depuis l'arrivée de Joseph Schimmer. Elles ont ouvert les armoires, soulevé les oreillers, feuilleté les livres, respiré le flacon de parfum posé sur le lavabo. Elles ont regardé par la fenêtre, elles ont vu comme il voit, si lui aussi s'approche de la vitre. Elles se sont assises à sa table, le dos calé contre le dossier de la chaise. Elles ont posé leurs doigts partout, sur les traces de ses doigts à lui. Elles ont décrit des objets rêvés, des matières, des odeurs fantasmées. Elles ont menti. La chambre est nue. Blanche, et nue. Le lit est bordé. Le rideau écarté. La table en ordre. Pas de poussière. Le doigt de Madeleine ne laisse aucune empreinte sur le chevet.

Par habitude, Madeleine mouille l'éponge. L'éponge mousse, des bulles minuscules et grises se forment à la surface. Elle passe l'éponge sur l'émail brillant. Elle remplit le verre à dents, rince le lavabo. Elle s'agenouille, nettoie la baignoire parfaitement propre. Passe l'éponge sur le miroir. L'eau se rétracte en gouttelettes espacées.

Elle s'appuie à la fenêtre. Elle soulève le voilage. Derrière la haute grille qui donne sur la rue, au fond de la cour, des bicyclettes striées de noir défilent à toute vitesse et disparaissent. Le voilage retombe. Madeleine cherche un signe laissé pour elle par Joseph Schimmer. Cette chambre ressemble à toutes les chambres de l'hôtel. Même papier bleuté, même voilage opaque parsemé de petites imperfections rondes, même armoire, même lit adossé au mur, même lampe à abat-jour crème. Pas de photographie. Pas d'objet intrigant. Il n'y a rien à voir ici. Rien à faire. Joseph Schimmer n'a pas de secrets, ou dissimule tout.

Sur le bureau, des partitions. Elle s'approche. Lit à l'envers. *Douze études d'exécution transcendante.* Elle ouvre le recueil. Sur la première page, la photographie d'un homme jeune, au front large, au visage très blanc, les cheveux mi-longs, souples, et sombres comme ses yeux. Beauté étrange, lunaire. *Franz Liszt.* Il se découpe sur un mur vide, une sorte de chatoiement nacré. Il est enveloppé d'une cape noire, le col noué d'une lavallière. Il regarde hors de la photographie, ou plutôt il crève d'en sortir, les lèvres serrées, le menton relevé, la main droite arrimée au fauteuil où il semble assis malgré lui, comme s'il était brûlant, ou trop étroit, ou que la photographie elle-même était trop étroite. En haut de la page, à l'encre noire, Madeleine déchiffre : *Mylène Châtelle — Paris, septembre 1931.*

Madeleine lisse la couture intérieure, comme elle a vu Joseph Schimmer le faire une fois dans la salle à manger, pour maintenir la double page ouverte sur le portrait de Liszt et sur la dédicace. Un petit cercle brun reste collé à sa paume : une rustine neuve, du diamètre de l'entaille faite dans son pneu par Joseph Schimmer. Une rustine neuve ; un trésor. Voilà le signe qu'elle cherchait. La rustine est pour elle, c'est sûr. Elle tourne et retourne le cercle brun entre ses doigts. Il faudrait le replacer où elle l'a trouvé, et rabattre par-dessus la couverture crème. Mais elle le glisse dans sa poche. Elle n'en dira rien ; comme les autres elle mentira sur ce qu'elle a vu dans cette chambre.

Plus tard, Madeleine marche avec Jeanne le long des quais de la Vilaine. C'est une heure pour elles, entre le ménage des chambres et le service de midi trente, les journées sont si longues. Madeleine a glissé ses mains dans la poche ventrale de son manteau. Elle tient la rustine entre ses doigts. Elle garde les yeux rivés sur l'eau vert sombre, d'apparence immobile, que seul son pas met en mouvement derrière les volutes des rambardes. Les reflets des lampadaires se tordent à la surface, huileux, brisés par le remous en une multitude de rayures horizontales. Des policiers à cheval remontent le canal en sens inverse, à la limite du trottoir. Le claquement des sabots sur les pavés, doux, cadencé, se superpose aux mélopées d'un accordéon. C'est reposant et triste. Peut-être à cause du contact de la rustine, Madeleine pense à *Mylène Châtelle*, le nom liquide et sombre couché près de celui de Liszt sur la partition de Joseph Schimmer. C'est une jeune fille, décide Madeleine. Morte. Son corps blanc, enveloppé de voiles, flotte sur le canal. Dérive, imperceptiblement, sur l'eau presque statique. Ses cheveux bruns sont dénoués, ils reposent à la surface, souples, traversés d'ondulations lentes. Elle s'enfonce dans l'eau verte. Elle coule, son visage n'est plus qu'un halo pâle, une tache laiteuse absorbée par la vase, il disparaît.

Madeleine trébuche, la rustine s'échappe de sa main et roule sur le trottoir. Jeanne se baisse, la ramasse.

— Où tu as eu ça, Mado ?

Elle voit les yeux de Madeleine. À elle, ils ne savent pas mentir.

— C'est Joseph Schimmer, hein...

Jeanne tient la rustine dans sa paume ouverte. Deux centimètres de diamètre. Elle en fait un lorgnon, œil droit, œil gauche, elle grimace, elle saisit la rustine entre pouce et index, et bras tendu devant elle la promène sur le paysage.

— Voilà, plus de clocher. Plus de mairie. Hop, je rase le lycée. Le palais Saint-Georges, terminé. Tiens, je zigouille le gendarme là-bas, le cheval, le vert-de-gris qui avance, si je veux, je recule et je te décapite. Clac !

— Jette-la, Jeanne.

— Je rase le pont, je fais un trou dans tes bas, deux centimètres de diamètre, un trou dans ton ventre, dans ta tête, c'est fou ce qu'on peut faire avec une rustine, une rustine assassine...

— Jette-la, je te dis !

— Je te supprime par petits bouts, la bouche, le nez...

— Jeanne !

— La jeter ? Ça ne sert à rien ! Il faut qu'il *sache* que tu n'en veux pas.

— C'est bon. Je vais la remettre où je l'ai trouvée.

*

C'est toujours Jeanne qui pédale. Madeleine est assise sur le porte-bagages, un bras passé autour de sa taille. Elles traversent les quartiers les plus animés de Rennes. Rues larges, bordées de façades lumineuses, de restaurants, de terrasses bondées d'uniformes qui filent dans la distance, en même temps que s'évanouissent les conversations glanées sur le passage entre des cyclistes, des badauds, car Jeanne pédale vite, pressée de retrouver Antoine. Les retours à Moermel, le samedi, sont une suite de bribes sonores et visuelles, auxquelles ni l'œil ni l'oreille ne s'attachent. Chaque coup de pédale les précipite dans le chaos. Les enfilades de maisons, les casernes, la gare connaissent le même sort, les faubourgs. Puis les bâtiments s'espacent, les bruits, de plus en plus isolés les uns des autres, happés par la ligne d'horizon. C'est la sortie de Rennes. Alors les champs succèdent aux champs, les arbres aux arbres. La même image passe et repasse sous les yeux de Madeleine. Elle se prolonge, elle dure, ce n'est plus une répétition d'images, c'est une ondulation verte et brune, et floue, déroulée sans fin, sur la même bande-son, proche du silence. De l'ennui. De temps à autre, la roue tressaute sur un caillou. Sur les rails inutiles du *tue-vaches*, le train de campagne qui ne circule plus depuis longtemps. Trois kilomètres avant le village, les premiers nuages de mouches noires. Les vaches. Leur odeur familière, épaisse et chaude, qui annonce les fermes de Gannec, Bolian, Fennol, et la maison, le frère tout juste rentré de l'étable, la mère qui frotte en vain ses vêtements. Odeur douce et rance de Moermel après la toilette, qu'ici les gens nomment « le propre » et que, depuis un an, habituées à la ville, Madeleine et Jeanne associent au village. Aux premières odeurs de fermes, Jeanne se retourne invariablement :

— Ça y est, la maison.

La maison, pour Jeanne, c'est Antoine. La bouche d'Antoine, le corps d'Antoine. Tout retour commence avec les mouches, l'odeur des vaches et le commentaire de Jeanne. Ensuite, les rituels s'enchaînent. Ils se reproduisent et le temps passe, de semaine en semaine, de mois en mois.

D'autres bicyclettes convergent vers Moermel, déversées par des routes adjacentes, des gens de la ville avec leurs paniers vides, leurs cabas, leurs vêtements à larges poches où vont s'engouffrer des lapins morts, des légumes, du beurre que les fermiers, à l'intérieur des maisons, évaluent déjà au prix fort. Dans dix minutes Madeleine entrera à l'épicerie. Un carillon clair accompagnera le tremblement de la porte. Sa mère, en écharpe et mitaines, lèvera la tête de son tricot.

— Tiens, tu es là !

Elle aura fait chauffer la lessiveuse, Madeleine n'aura plus qu'à y jeter son uniforme. La chemise s'affaissera lentement, stagnera un instant à la surface puis, chargée d'eau, se laissera recouvrir par le bouillon laiteux. Madeleine tournera le bâton dans la lessiveuse. Longtemps, jusqu'à ce que sa vue se brouille. Un voile gris comme l'eau de lessive se répandra partout, du sol au plafond et dans les limbes de son cerveau, abolira sa pensée, elle ne sera attachée qu'à ce geste, tourner, jusqu'à ce qu'elle cède à la lourdeur de l'air, comme sa chemise sous le poids de l'eau. Avant cela, le père aura exigé un baiser, elle se sera exécutée le plus gentiment possible. Elle lui remettra l'argent de la semaine, il lui aura réservé la même friandise, un carré de chocolat ou une meringue sableuse. Il faudra préparer le repas. Sa mère nouera son tablier puis, le plus souvent, allumera la TSF. Elle a refusé de livrer la TSF, bien qu'elle ne l'écoute qu'une heure le soir, comme d'autres ont caché leurs vieux fusils de chasse ou mutilé les chevaux réquisitionnés, simplement parce qu'ils sont à eux. Madeleine et la mère pèleront les légumes, invitant Charles Trenet, Tino Rossi, ou Maurice Chevalier dans leur silence. Madeleine en éprouvera un soulagement en même temps qu'une légère déception. Les épluchures seront très fines, on ne gâche rien. Elles s'enrouleront autour des lames, serpentins orange, verts, blancs, presque translucides qu'on laissera aux lapins tout à l'heure. Madeleine regardera sa mère à la dérobée. Visage cireux, fendu, cheveux blanchis. Pensant qu'elle a l'âge d'une vieille femme. Elle cherchera les similitudes avec son propre visage, ne les trouvera pas. S'arrêtera à la bouche, plus charnue que la sienne mais sensiblement dessinée sur le même modèle. Ce sera déjà ça. Elle ne quittera plus ces lèvres, provisoirement libérée de sa ressemblance totale, troublante, avec son frère.

   Le frère rentrera juste avant la nuit, tentera de se défaire de l'odeur d'étable. Des hommes vigoureux comme le frère, à Moermel, il n'en reste plus beaucoup. Depuis plus d'un an, c'est un village de vieux et de femmes. Si le frère est resté c'est sûrement à cause de ses pipes, de cette manie qu'il a de curer les pipes, de regarder autour de lui à travers la minuscule ouverture du tuyau, cela a dû se voir, à l'armée, même les militaires s'en sont aperçus au moment de la mobilisation, qu'il ne pouvait pas se battre, que c'était trop vaste, pour lui, le monde extérieur. Le frère se penchera sur une bassine, dans la pièce voisine. Il reviendra verser l'eau sale dans l'évier. On dînera à sept heures. Le frère parlera des bêtes. Les bêtes le rendent humain. Il les caresse avec tendresse, fourrage dans leur poil, murmure à l'oreille des vaches qui mettent bas. La mère secouera tendrement la tête. « Mon chéri, tu vois bien... La seule femme dans ta vie, c'est moi. » Le père sourira en aspirant la soupe, il ne dira rien. La soirée s'ordonnera autour du poêle, le père dans ses comptes, la mère les mains occupées à des travaux de couture, le frère curant ses pipes, parcourant *L'Ouest-Éclair*, ou tapant la carte chez des voisins, jusqu'au couvre-feu. Madeleine tressera des hottes pour la chasse, payée à la tâche par le vannier Badec, écoutant les articles marmonnés par son frère ou lisant par-dessus ses mains, sa pensée glissant vers le vide, ou vers la mer. La vision d'une étendue grise, molle, et profonde. Madeleine n'a jamais vu la mer. Elle l'évoque souvent, depuis l'enfance, d'après les images, les gravures épinglées par madame Dreuze dans la salle de classe de Moermel, d'après les descriptions du *Tour de la France par deux enfants*. D'après ceux qui l'ont vue, et sans désir de vraisemblance. C'est une pensée magique, qui la délivre et l'apaise. Une mer intérieure.

    Samedi soir, l'église sera glaciale. Dimanche, il pleuvra. On déjeunera en famille, on repassera le linge, Madeleine portera ses hottes au vannier Badec, qui les comptera et la paiera tout de suite. Le jour deviendra mauve, une fraîcheur soudaine prendra l'air. Pour Jeanne et Madeleine, ce sera le moment de partir. De rejoindre Antoine et Frédéric derrière un buisson, tout est prévisible. Les mains de Frédéric, si expertes, se lasseront un jour de ses seins, Madeleine en est sûre, assise sur le porte-bagages qui pour l'instant la ramène à Moermel, elle se lassera d'elles, elle s'en lasse déjà.

Voilà. Premiers nuages de mouches noires, les vaches ne sont pas loin. Jeanne se retourne, lumineuse :
— La maison, Mado !
Les champs succèdent aux champs, les lignes de fuite aux lignes de fuite. À Moermel, il ne s'est rien passé encore ; tout s'est déjà passé. En rêve, *Les Fusées* de Franz Liszt explosent sur le ciel monochrome, contre les murs beiges des maisons du village. Elles se suspendent là, incandescentes, à Madeleine seule visibles, jusque dans la nuit du dimanche, jusqu'au départ pour Rennes. Ensuite elles tomberont, doucement, en flocons de cendre sur les champs morts.

*

Von Übsen termine son café. Il écarte la tasse, la cuiller tremble dans la soucoupe. Il fait un signe à Elena. Elena appelle.
— Madeleine !
Madeleine s'essuie les mains, s'approche. Les doigts d'Elena sont posés sur la nappe mouchetée de sauce.

Le vernis rouge éclate sur sa peau claire, comme les lèvres contre ses dents.

— Monsieur Schimmer a besoin de... d'une... comment dites-vous ?

L'interprète se penche à son oreille. Elena hoche la tête.

— D'une assistante, pour préparer ses concerts. Cela consiste à l'accompagner au théâtre pour les répétitions, et à lire...

« ... à tourner les pages des partitions pendant les répétitions. Deux heures par jour au maximum, avant le déjeuner de préférence. Vous serez rémunérée en supplément.

Le soleil apparaît à la lisière de la vitre d'en face, un éclat minuscule et blanc, étincelant, mal assuré encore.

— Madeleine, tu ne réponds rien ?

— À quoi, madame ?

— Acceptes-tu ?

— Je ne sais pas...

L'éclat de soleil darde plus bas dans la pièce. Madeleine plisse les yeux.

— Nous allons discuter là-haut. Messieurs...

Madeleine suit Elena. Elles montent. La rampe est douce sous la paume. L'escalier sent la cire d'abeilles. Il s'enroule en colimaçon de fenêtre en fenêtre. Un jour blanc traverse le verre grossier. Les vitres teintes ne laissent rien deviner du dehors qu'un mouvement vague, bosselé, des couleurs aux nuances infimes. Les jambes poudrées d'Elena scintillent à chaque palier. Un trait de crayon noir, bas de guerre, s'étire, très fin,

des chevilles à ses cuisses. Il se perd sous la jupe. Il ondule selon la courbe de ses mollets, marche après marche.
Elena pousse la porte de son bureau. La pièce est petite. Parquet sombre, tapis moelleux, moulures, bibliothèque. Elena s'assied dans un fauteuil en cuir. Elle désigne une chaise, de l'autre côté de la table. Madeleine s'assied. Elena tire une cigarette d'une boîte rectangulaire. L'allume. Elle aspire une bouffée. Souffle la fumée en regardant le plafond. Dévisage Madeleine sous les volutes suspendues.
— Pourquoi toi, Madeleine...
La voix est traînante, les yeux fixés sur le lointain. Les spirales souples de la fumée se défont, s'effilochent, s'évanouissent. Elena est rousse. D'une pâleur extrême. Elle n'a pas de pupilles. Ou pas d'iris. Ses yeux sont deux trous noirs. À cause de son âge, Elena pourrait être la mère de Madeleine. Mais ses jambes satinées, ses robes cintrées, la densité du rouge sur ses lèvres ; son ventre plat, ferme ; ses seins ronds sous la robe ; et, surtout, l'incroyable langueur de son corps dans le fauteuil de cuir la placent hors de la catégorie des mères.
— Connais-tu la musique, Madeleine ?
Madeleine secoue la tête. Elena se penche en travers de la table. Elle saisit un métronome, dont elle décroche le petit panneau de bois. Elle pose sa cigarette sur le bord d'un cendrier. La fumée s'enroule autour de ses poignets. Elle remonte le ressort. Elle dégage le battant de métal, fait coulisser le poids tout au bas de la tige. Elle lâche. La tige balance furieuse-

ment de gauche à droite, avec un bruit sec de couteau sur la planche. Elena s'appuie au dossier du fauteuil. Les yeux de Madeleine suivent le mouvement du battant, droite gauche droite gauche droite gauche. Le battant brosse un disque grisé sur sa trajectoire. Elena le bloque de l'index. Elle aspire une bouffée de tabac, souffle la fumée.

— Que vas-tu imaginer… Crois-tu que Joseph Schimmer va perdre son temps à t'apprendre la musique ?

Elena fixe le poids en haut de la tige. Elle lâche. La tige oscille, lente, lourde. D'un côté. De l'autre. Se redresse. Touche au point d'équilibre. Bascule.

— Tu peux refuser.

La cadence diminue. Le ressort se déroule. À Moermel, les champs succèdent aux champs. Les lignes de fuite aux lignes de fuite. À Rennes, les motifs se répètent sur le papier peint des chambres, le tissu des rideaux, semblables aux broderies de la mère ; les heures, les jours, les mois se déroulent en frise continue, selon la même pulsation lente, ne laissant place ni au hasard, ni à la fantaisie.

— J'aime la musique.

— Tu aimes la musique !

La cigarette crépite. Elena sourit. À personne. Elle regarde le ciel blanc par la fenêtre.

— Tu aimes la musique comme un enfant de cinq ans aime le vin.

Le métronome décélère. Proche de l'engourdissement. Elena écrase sa cigarette.

— Tu n'as pas assez peur, Madeleine.

Elle soupire, renverse la tête. Elle suit des yeux l'étroite fissure qui traverse le plafond d'un bout à l'autre de la pièce. Le battant se soulève. Retombe. Elena le fixe, replace le panneau de bois, et montre la porte à Madeleine.

Le lendemain matin, Madeleine a rendez-vous dans le théâtre avec Joseph Schimmer. Il l'attend là-haut, dans une salle de répétition.
Le grand escalier s'enfonce dans l'ombre. De gigantesques fresques guerrières brunes et carmin se perdent dans les hauteurs. Têtes hurlantes, corps béants, écartelés, bouches tordues par la douleur. Au premier étage, Madeleine se penche par-dessus la rambarde. La cage d'escalier se déploie, en contrebas, sur des chevaux agonisants, des soldats tombés dans des flaques de sang, un champ de bataille au soleil couchant devant lesquels un petit garçon, son béret à la main, ouvre une bouche médusée.
Le velours absorbe chaque pas. Madeleine monte, à peine éclairée par les appliques murales fixées sous les immenses tapisseries. Au deuxième étage, la porte des balcons est entrouverte. Madeleine s'approche de la fente lumineuse. Elle glisse une main entre les battants, jette un coup d'œil à l'intérieur. Un orchestre vert-de-gris répète une œuvre très gaie, sous les ordres d'un chef hissé sur une petite estrade, de dos, lui aussi en uniforme. De là, on dirait des soldats de plomb. La porte se rabat lentement. La musique se réduit à un bruit sourd.

Plus haut encore, les murs sont nus et rouges. Le rouge accentue leur nudité. Pas de tableau. Pas de moulure. Un rouge sang séché qui tend vers le noir, sous le plafond invisible. Une pancarte blanche est attachée à une chaînette. *Réservé aux artistes : loges, salles Mozart et Chopin.* Le bourdonnement de l'orchestre parvient encore à Madeleine. D'en haut tombe le son perlé, très doux, d'un piano. Madeleine descend une marche. Deux marches. Elle y est, au point d'équilibre entre le piano et l'orchestre. Les sons se superposent sans se confondre, univers mitoyens, étanches. Elle ferme les yeux, elle peine par instants à détacher l'orchestre du piano. Puis, marche après marche, le bourdonnement reflue. Le piano reste.

La porte est grande ouverte. Joseph Schimmer est assis au fond d'une pièce noire. Une ampoule nue fixée très bas éclaire son visage, et la double page d'une partition. C'est une salle sans murs, aux frontières diluées dans l'obscurité. Il joue le *Klavierkonzert 21*, comme à l'Hôtel des Ducs, elle en est sûre. Le son vient de loin, ouaté. Joseph Schimmer joue manches retroussées, ses mains, son visage surgissent de l'ombre où s'enfonce tout le corps. Madeleine marche vers lui, vers la lumière jaune. Elle devine, émergeant des murs, d'autres visages penchés sur le piano. Des bordures de cadres aux dorures mates. Des plis de tissu réel, et de tissu peint. Dessous, les mains de Joseph Schimmer sont des ponts mouvants. Des figures de danse. Des bêtes prodigieuses. Elle touche le bord du piano. Il n'y prête aucune attention. Elle regarde sa main à elle, le reflet de ses doigts sur le vernis noir.

Elle remue les doigts. Doigts pour la vaisselle, pour casser des œufs, pour tresser des hottes. Il la regarde. Il baisse les paupières.
— Bonjour, Madeleine.
Doigts pour tourner la page. Joseph Schimmer s'arrête. Il revient au début du mouvement. Comme à l'hôtel, elle surveille ses yeux. L'ombre des cils s'allonge et se rétracte sur sa joue, selon l'orientation de la lumière. L'iris est un velours à l'épaisseur changeante, duvet marine, bleu ciel moucheté de jaune, éclaircissant par endroits, jusqu'au doré, piqué de gouttes noires.
— Vous n'avez pas tourné la page.
Il n'a pas baissé les paupières, elle en est sûre. Elle fixe ses pupilles, leur éclair bleu.
— La page, Madeleine.
— Mais vous…
— Fermez les yeux.
Elle ferme les yeux. Il recommence le même passage, encore une fois.
— Cherchez en vous. C'est un paysage, Madeleine, il en est ainsi de toute la musique. Des paysages aux contours plus ou moins nets, des couleurs, des formes et, pourquoi pas, des histoires. Écoutez, Madeleine, mes yeux ne racontent rien. Ils vous ont indiqué où tourner la page, ils ont marqué des repères, et ces repères n'ont pour vous aucun sens. Je voudrais que vous leur donniez sens. Que vous les attendiez, comme on attend les courbes d'un chemin familier, vous comprenez ?
— Je ne suis pas une prostituée.

— Cette page à tourner, c'est la courbe du chemin. Une suite de minuscules détails vous mène là, ce sont des notes, feuilles balayées, miroitement de l'eau, bosquets, c'est vous qui décidez... et tout d'un coup, à cet endroit, la courbe du chemin.
Madeleine tend la main. Elle tourne la page.
— Une mesure encore, vous y étiez presque... ici, vous entendez ? Sur cette note...
Cinquième fois. Elle écoute. Elle tourne la page.
— Ce n'est pas pour moi que nous jouons ce morceau, Madeleine. Je le connais par cœur et ce n'est pas le meilleur Mozart. Nous le jouons pour vous. C'est ici qu'il faut tourner la page, *si bécarre la sol fa*, vous entendez ? D'abord le *la*, isolé, tenu... la pente, écoutez ; et puis au bout, comme un dénivelé, imprévisible. Donnez-lui une couleur ; bleu ? *Si bécarre la sol fa...* nous jouons ce morceau pour que, petit à petit, vous puissiez tourner les pages seule, pour justifier votre présence, ici au théâtre, ou ailleurs, là où je me trouverai, bien que vous ne connaissiez pas le solfège. Il fallait tourner, Madeleine, la pente, *si bécarre la sol fa*, essayez encore. Ce morceau est facile, nous allons le répéter cent fois si nécessaire, bien que ce ne soit pas le meilleur Mozart... Ce concerto est un peu, comment dit-on ? mièvre.
Une pente, des arbres rouges, orange, de l'eau qui dégringole dans le soleil, un dénivelé bleu, presque rien ; quelques cailloux, un replat de terre, *si bécarre la sol fa*. Madeleine tourne la page. Elle écoute, debout à côté du piano, les yeux fermés, inventant, mesure après mesure, une topographie à elle, ne s'autorisant

que le geste de tendre la main et de tourner la page, jusqu'à midi.
— C'est bien, Madeleine.
Bannir le mot *bien*, madame Dreuze était formelle. « Le mot *bien* tue la langue, des milliers d'adjectifs qualificatifs mieux appropriés, le mot *bien* fait des milliers de morts, vous assassinez vos grands-parents, disait-elle en secouant la tête. Est *bien* ce qui est conforme à l'idée que nous nous faisons de la perfection, et vous l'employez au sens de *convenable*, de *plaisant*, rendez-vous compte. Il faut faire attention aux mots, attention aux gens. »
— À demain.
— Oui, répond Madeleine, à demain.
Elle descend l'escalier. Elle s'enfonce dans la lumière. Elle traverse l'entrée, une main en visière. Dehors, un soleil en fer-blanc. Un chauffeur patiente, cigarette au bec, devant une voiture lustrée.
Madeleine marche vite, le service commence dans une demi-heure. Et pendant qu'elle marche, elle déroule l'itinéraire sonore au millimètre, retrouvant les images, retrouvant les sons. Elle marche et tourne les pages du *Klavierkonzert 21*, des arbres orange et rouges surgissent en travers de la rue, ceux qu'elle a imaginés tout à l'heure, et elle trébuche, sur le trottoir et à l'intérieur de sa tête. Elle traverse l'avenue en courant, il fait un soleil froid et les arbres sont encore nus : la lumière tombe dru sur le trottoir.
Un flot de passagers descend du tramway. Elle monte dans le wagon, la foule se referme derrière elle. Des

pans de vestes, des châles, des écharpes de grosse laine se balancent à hauteur de ses yeux. Deux épaules d'hommes s'éloignent, se rapprochent au gré des oscillations du tramway, ouvrant et refermant un espace lumineux derrière la vitre. Une tour. Les épaules se resserrent. Se détachent. La rambarde d'un pont. Un visage de femme. Madeleine plaque, par-dessus les images du dehors, tout le paysage inventé en gommettes multicolores, et les notes tournent dans sa tête, agaçantes et sensuelles comme un doigt passé sur la peau, indéfiniment, à l'endroit le plus tendre. Les épaules des voyageurs se touchent, se séparent. Reflet de Madeleine sur fond noir. Elle descend.

Midi trente. La salle est pleine. Joseph Schimmer est assis à sa place. Von Übsen est assis à sa place. Rien ne manque. Ni la lumière blanche, ni l'odeur de sueur douce dans les courants d'air. La graisse colle aux doigts. Les filles sont à leur poste à chaque coin de la salle à manger.

Quelque chose a changé. Madeleine regarde autour d'elle et ne trouve pas. Le jus de viande coule sur ses poignets.

— Tu étais où ce matin ? Tu n'as pas fait les chambres...

— Tiens, te voilà, toi !

Carafe d'eau, vin de Bordeaux, pots à moutarde. Madeleine passe la pelle à miettes, les petites particules blanchâtres, transparentes, tressautent sous le couteau, grosses comme des grains de sel, et s'accumulent sur la surface argentée.

— Tu étais malade ?

Il faut apporter les paniers de fruits. Le café clair, dont la mousse beige oscille contre les bords des tasses. Et les ramequins poisseux de cassonade. Ce sont des gestes familiers, rassurants. Ramassage des nappes, coup de balai.

— C'est vrai que t'étais au théâtre avec le pianiste ?

Tout est en ordre. Tout est simple. Identique à hier, semblable à demain. Les heures au théâtre sont un mirage.

— Y a quelque chose qui va pas ? T'en fais une tête !

Dans la salle à manger vide, Madeleine marche à reculons. Elle tourne sur elle-même. Elle cherche. Alors elle voit ce qui a changé. Le meuble, en face de la cheminée. Plus de vase. Plus de napperon blanc. Plus rien. Elle s'approche. Une cire brune a bu les traces de verres et de carafes. C'est devenu un vrai piano.

Au-dessus, la pendule sonne deux heures. Un carillon de maison bourgeoise, grave et lent. Madeleine tend la main vers le cadran. Les deux aiguilles de fer forgé se détachent par-dessus les chiffres romains, noirs sur fond blanc. Madeleine monte sur une chaise. Elle passe un doigt sur l'aiguille la plus longue. Une poussière mauve s'en décolle. Elle pousse l'aiguille du bout de l'index. Le carillon sonne sur le chiffre douze. Le doigt de Madeleine fait le tour plusieurs fois. Elle se met à rire. Elle laisse l'aiguille au hasard sur le cadran, il y a un vrai piano, pourquoi ne pas changer l'heure, imaginer tout, n'importe quoi, que le ciel va s'ouvrir par exemple, une trouée dans le gris des nuages ? Elle range la chaise, elle quitte la salle à manger. La pendule sonne. Sonne. Sonne.

   La nuit tombe. Madeleine écrase des pommes de terre à la fourchette. Le geste est pénible. Un peu de lait. De beurre. Les pommes de terre s'effritent. Gonflent dans le lait. Lourdes. Farineuses. La bouilloire siffle. Le hachoir claque. La poêle crépite. Les chaussures frottent contre le sol. Les placards s'ouvrent, se ferment. L'eau goutte dans l'évier plein. Le couteau racle contre le pain. La louche tinte contre le fer, la fourchette contre le verre. Chocs d'assiettes. Grincements de portes. Soupirs, jurons, toux, chaises tirées, elles sont trente dans la cuisine ou bien la pièce a rétréci, on manque d'air. Elle n'a pas d'espace pour lever le coude. Les filles parlent trop fort. Réduire les pommes de terre en purée douce, écraser, mélanger, lisser, la masse compacte devient molle, laisse un dépôt épais, jaune clair contre la terre cuite et se tasse au fond du plat. Libère enfin un peu d'espace.

   Pourvu que les autres filles continuent d'ignorer Madeleine. Les murs sont déjà tellement près. Madeleine écrase les pommes de terre. Les murs l'écrasent. Certains jours, une telle proximité est insupportable. Madeleine fixe la purée tassée au fond du plat. Seul un regard sur la moitié vide du récipient permet encore de respirer. Le plat est plus grand que la pièce. Que la salle à manger. Que l'hôtel. Madeleine voudrait monter, tout de suite, dans le cabinet de toilette du quatrième étage dont on verrouille la porte en s'adossant à la paroi du fond, les pieds de part et d'autre du trou brillant d'urine. C'est là qu'elle se retire, quand l'hôtel devient trop étroit. Elle pousse le loquet. Un peu de jour sale entre par la lucarne. Elle ferme les yeux. Personne ne peut entrer. Elle est seule, avec les pensées qui l'habitent.

Ce soir, Madeleine se couche la dernière. Elle passe lentement le chiffon sur la table. Autour de l'évier. De la gazinière. Sur la plaque du four. Un geste ample et silencieux. Elle étend le chiffon humide. Elle éteint la lumière. Elle écarte le tissu occultant la fenêtre. Elle appuie son front contre la vitre. Elle attend. Elle a raison d'être patiente. La nuit n'est pas tout à fait obscure lorsqu'on prend son temps. Des lignes obliques la découpent en masses noir clair et noir foncé. La moins sombre est toujours le ciel, même quand il n'est pas étoilé, comme ce soir.

Elle monte à sa chambre sur la pointe des pieds. Elle tourne la poignée avec précaution. Jeanne respire profondément. Madeleine referme la porte. Elle se déshabille hors du lit pour ne pas réveiller Jeanne. Elle se glisse sur le bord du matelas, soulevant les couvertures le moins possible. Elle s'étend, habitée par l'image curieuse, excitante du piano dans la salle à manger, sous la pendule folle. Elle seule a vu qu'il n'était plus un meuble, qu'autour de ce piano la pièce était nouvelle, et l'hôtel, et la ville, et l'univers.

*

Il neige. Le front appuyé à la vitre, Madeleine regarde par la fenêtre. Il tombe des flocons durs, serrés, inattendus en mars. Une nuée presque invisible qui ne fond pas au contact du sol. Pas tout de suite. Les cristaux minuscules s'accumulent grain à grain, comme du sable. Un voile mat se forme sur les bords des fenêtres, des balcons, des toits, sur le plat des branches. Cela ne ressemble pas à l'hiver. Pas assez blanc. Pas assez sourd. La mince couche de neige absorbe les contrastes sans vraiment les effacer. Restent un bleu terne, un rouge passé, un brun délavé. Quelques étages plus bas, sous la gaze neigeuse, des soldats marchent au pas, enveloppés de souffles blancs. Leur vert-de-gris s'estompe, tend vers le brun de l'écorce, des flaques grumeleuses, des eaux de la Vilaine.

Elena traverse la cour. Madeleine la suit des yeux. Elle porte un manteau gris clair, sur lequel balance la coulée rousse de ses cheveux. Avant-hier, les premières feuilles sont apparues au bout des branches, plissées, vert tendre. Elena tend la main. Elle cueille un bourgeon glacé et le glisse dans sa poche. Elle ouvre la grille, la referme sur elle, silhouette blanchâtre et rouge striée de noir.

Jeanne s'approche de la fenêtre.

— Tu retournes au théâtre ?

— Oh non, Jeanne, pas cette voix de grande sœur… Laisse-moi.

Madeleine sort. La neige n'a pas d'épaisseur. À peine un crissement sous les semelles, et tout de suite le sol dur. Elle marche sur ce blanc moyen semblable à son châle de laine, à sa pensée ; sans tenue.

Elle avance, vacillante, sur l'arête du trottoir, les yeux baissés sur le bout humide de ses chaussures. Elle n'a pas dormi cette nuit. Elle a erré entre le sommeil et le *Klavierkonzert 21*. Elle s'est tournée, retournée dans les draps pendant des heures, les mains plaquées sur les oreilles pour ne plus entendre la respiration lente, régulière de Jeanne. Maintenue sur le fil, entre sommeil et veille, par ce souffle léger alternant d'un côté, de l'autre, empêchant la chute définitive dans la musique ou dans l'oubli. Madeleine enfouissait la tête sous l'oreiller. Elle s'endormait parfois, ça ne durait pas, et s'éveillait parmi des forêts d'arbres rouges et orangés surgies du *Klavierkonzert*. À sept heures, elle s'est levée, cherchant à ordonner la mélodie entière, à se délivrer de la confusion de la nuit. En vain.

Elle s'est assise sur une chaise. Elle a démêlé ses cheveux à longs coups de brosse. Le jour se levait au-dehors. Le miroir virait du gris au blanc, un changement très doux de la lumière. Elle brossait ses cheveux, continuellement, ils flottaient, dressés par l'électricité statique, mais la mélodie ne venait pas. Plus tard, dans la cuisine suspendue entre le jour et la nuit, elle a cassé des assiettes, elle s'est brûlée à la bouilloire. Elle a regardé le lait devenir peau à la surface, une peau épaisse que l'ébullition boursoufle et réduit aussitôt à une chair molle, et vieille. Elle ne se rappelait rien.

Maintenant c'est pire, car l'heure approche. La neige tombe en elle. Çà et là, des enfants recueillent sur les rebords des fenêtres le blanc qui s'efface, le pressent entre leurs doigts, ouvrent une main vide et froide. Droit devant il n'y a rien. Les masses vaporeuses des bâtiments dans la perspective, les silhouettes de passants, floues comme des taches d'encre sur papier buvard. Une aquarelle à l'eau grise, à l'eau blanche. Au bout de la rue, un orgue de Barbarie. L'organiste tourne la manivelle et l'orgue crache des partitions cartonnées. Comment entendre à l'intérieur de soi avec tant de vacarme au-dehors, Madeleine referme son poing sur les piécettes qui sonnent dans sa poche, elle court, et la neige souillée éclabousse sa jupe.

À l'angle de la rue, des lettres noires dans une flèche blanche : *Feldkommandantur.* De part et d'autre, des affiches. Leurs messages pâles, illisibles dans la distance. Les coins supérieurs, décollés, battent au vent mollement. Madeleine plisse les yeux. Sur le mur de droite elle déchiffre : *Deutsches Soldatentheater : Der eingebildete Kranke — Le Malade imaginaire.* D'autres affiches s'abîment sous des traînées de peinture rouge badigeonnée à la hâte pendant la nuit — *Vive les Anglais ! Vive la France !* — que la neige fait fondre en larmes claires sur les lettres d'imprimerie. Elles glissent au bas du mur et se mélangent à la boue.

Sur le mur de gauche une affiche jaune et noir, toute fraîche, répliquée en dix exemplaires. *Bekanntmachung — Proclamation :* Maurice Guénan, ouvrier imprimeur, citoyen français demeurant à Rennes, 3, rue de la Palestine, a été exécuté hier matin à dix heures sur la butte de la Maltière pour avoir sectionné un câble téléphonique. *Maurice Guénan.* Nom inconnu apposé sur fond jaune à côté du théâtre, et dont les cinq syllabes résonnent maintenant en Madeleine, à la place du silence.

Elle entre dans le théâtre. Lumière de coton. *Si bécarre la sol fa*, cela n'évoque rien. Elle le répète, *si bécarre la sol fa*, suite de syllabes sèches et noires. Elle se déplace sur le sol en damier, entre les colonnes crème. Elle réduit ses pas à la largeur des dalles. Une case noire. Une case blanche. Elle contourne des obstacles invisibles. Dalle blanche. Dalle noire. Respecter l'alternance. Pas deux cases à la fois. Elle se cogne contre l'escalier. Voilà les cadavres, les flaques rouges, les chevaux aux entrailles ouvertes. On entend le piano. Madeleine monte. Le sang pulse à ses tempes. Les notes gagnent en volume. Ça bat fort dans le corps, dans la tête, les notes jouées là-haut excitent le tambour intérieur, que va penser, dire Joseph Schimmer, Madeleine n'a pas le moindre souvenir, même du début du morceau, de la première mesure jouée cent fois hier.

Elle entre dans la salle. Joseph Schimmer la regarde. Il attend qu'elle approche. Elle marche vers lui. Elle veut disparaître. C'est la dernière fois qu'elle vient ici, il va comprendre qu'elle ne sait plus, qu'elle n'est pas douée pour ça, pour rien, il ne faut pas continuer, ni la musique ni le reste. Il commence. *Klavierkonzert 21. Andante.*

Elle regarde les doigts en mouvement de Joseph Schimmer. Elle est une paysanne de Moermel, il est pianiste et ils n'ont rien à faire ensemble. Au-dessus du clavier s'allongent des lettres dorées : *Bösendorfer*.

Sur le piano de l'hôtel il est écrit *Pleyel.* C'était *Pleyel* aussi sur le piano de la maison Esther, qu'elle dépoussiérait et passait à l'eau tiède une fois par semaine. Elle lit et relit ce mot étrange, *Bösendorfer,* il faut bien s'accrocher à quelque chose. Il joue. Elle grelotte. Elle est le bourgeon vert tendre cassé par Elena, tout à l'heure.

— Je suis désolée...
— Prenez ma veste, vous avez froid.

Madeleine dénoue son châle mouillé. Elle prend la veste que lui tend Joseph Schimmer. Elle la fait passer dans son dos. La pose sur ses épaules. La veste est lourde. Elle relève le col, le tient serré entre pouce et index. Elle suit des yeux les broderies jaune d'or.

— Asseyez-vous sous le piano. Allez-y, maintenant.

D'un coup il frappe. Une avalanche joyeuse et noire expulse tout. Pensée. Peur. Froid. Il frappe, cela sonne faux, désaccordé, quelque chose est cassé, dans le piano, dans ses doigts, dans la musique. Des veines minuscules éclatent sous ses phalanges, c'est sûr. Les plis de drap laissent bien des morsures sur la peau, après la nuit, des plaies violettes, cicatrices profondes surgies du sommeil. Alors un choc pareil. Ses mains sont bleues. Ou bien, couvertes d'une corne qui les rend insensibles à tout. C'est ce que dit la mère, ces gens-là sont insensibles, rien ne les effraie. Il frappe. Cette musique est chaude et douloureuse. Il frappe. Tout brûle. La chevelure rousse d'Elena. Les fermes voisines, un rougeoiement splendide au milieu de la nuit. La main de Frédéric, sous la gerbe dorée du fer à souder, et le métal liquide goutte sur l'établi. La plaine de Baud explose à l'intérieur de Madeleine, au-delà des faubourgs de Rennes, c'est pire que le 17 juin 1940 à dix heures du matin, dans le vrombissement des bombardiers vert-de-gris. Ce jour-là, elle se souvient, une boule de feu enfle sur l'horizon, puis le rouge noie le ciel, toute la gamme des rouges, des violets, des pourpres. Des braises folles tournoient dans l'air, la ferraille éclate, les corps, le sang est projeté sur les feuilles des arbres, les chairs disséminées dans les champs alentour, jambes arrachées, bras, têtes fendues. Il frappe. Il allume l'incendie sous les baraques en bois des réfugiés du Nord, au Champ de Mars, boulevards Clemenceau, Victor-Rault, rue de Lorient, tout le monde a bien conscience que les bicoques pourraient s'enflammer pour un rien. Moermel aussi pourrait flamber. Il faudrait que Moermel brûle. Le ventre du piano reçoit le dernier choc, le répercute, le contient. Le laisse mourir.

Madeleine ouvre les yeux. Les pieds de Joseph Schimmer quittent les pédales.

— Une *Rhapsodie hongroise*, de Liszt.

Un bruit sourd se produit sous le clavier, juste au-dessus de Madeleine. Comme un écho de cathédrale. Joseph Schimmer reprend le *Klavierkonzert*. Madeleine va se lever, elle n'en peut plus. Elle va rendre la veste, et puis elle va sortir. Il joue les premières mesures, elles disent tu n'as rien à faire ici, tu ne sais pas tourner les pages, déshabille-toi, prends ton plumeau, tes éponges, tes chiffons, il y a des gens qui jouent de la musique et d'autres qui font la poussière, nettoient la crasse au fond des baignoires et des toilettes et tu es de ceux-là, qui ne créent rien, qui se rougissent les mains pour préserver les choses à l'identique, luttent contre les traces d'usure, cirent, polissent, récurent, détartrent, et qui ne survivront pas aux meubles, aux porcelaines, aux parquets, aux vitres, aux émaux froids que toute leur existence ils auront servis.

— Je vais m'en aller, vous savez.

Joseph Schimmer s'interrompt.

— Non, restez. Je n'aime pas la répétition, Madeleine. Mais pour vous je veux bien, autant de fois que nécessaire. Vous êtes fatiguée, écoutez seulement, nous reprendrons les partitions demain.

Cela pourrait durer toujours. La pièce est sans fenêtre. Sans lumière extérieure. Pas un bruit. Pas d'horloge. Pas de montre au poignet de Joseph Schimmer. Une heure passe. Ou deux. Ou trois. Joseph Schimmer joue, il croit que Madeleine pourra faire illusion, demain, les autres jours. Madeleine sait bien qu'il se trompe.

Mais elle revient, et il recommence. Elle tourne les pages, toujours les mêmes, elle ne progresse pas, sauf dans la connaissance du visage de Joseph Schimmer : sa bouche mince, qui se crispe dans les *crescendo* ; la fossette de la joue droite qui se creuse et s'efface sans raison ; les marques minuscules laissées par la varicelle, plus nombreuses près des tempes, plus roses que la peau, traces d'enfance gravées dans la chair ; le dessin blond, irrégulier, de la barbe sur les joues ; l'implantation des cheveux sur le front, la peau blanche en dessous, la dissymétrie des ailes du nez, singularités à elle seule visibles. D'autres visages lui deviennent familiers, ceux qui sont peints sur les murs, penchés au-dessus du piano. Et les reflets ambre de l'ampoule sur la peau de Joseph Schimmer. *Bekanntmachung*, elles sont tellement lointaines, les affiches des condamnés à mort qui palpitent dans l'hiver. Elles n'ont pas trempé dans ce jaune-là, celui qui tombe de l'ampoule nue, Madeleine s'en persuade. La langue de Joseph Schimmer ne s'étale pas en lettres noires sur les murs de la ville.

Une fois, Madeleine arrive en retard pour le service du déjeuner. Des paniers débordant de linge propre fument dans la cour. Véronique est penchée à la fenêtre du deuxième étage. Elle désigne du menton les corbeilles au-dessous.
— Tu t'en occupes ? J'ai fait *tes* chambres.
Madeleine a faim. Elle relève ses manches, furieuse, déplace les énormes corbeilles de linge à peine essoré qui dégoulinent en filets tièdes à travers l'osier. Madeleine tire la corde sur la longueur de la cour, noue l'extrémité à un anneau fiché dans le mur. Elle secoue une à une les chemises, lisse les cols, étend les manches et les suspend par les épaules en ligne continue, d'un bout à l'autre de la corde, mouillant chaque fois un peu plus ses chaussures. Elle tend une deuxième corde. Une troisième. Le linge goutte et refroidit, oscille lentement, comme des corps de pendus. Les cols s'affaissent sur les étiquettes. H. Gründ. L. Jürgend. M. Friedrich. J. Schimmer. G. Hochstadt. H. Schmidt. B. Schwerig. E. Böll. Il ne reste plus qu'un tablier de cuisine en grosse toile blanche, comme toutes les filles en portent pendant le service. Madeleine le déplie. Le

vert-de-gris a déteint en auréoles sales. C'est une règle : on ne mélange jamais le linge de cuisine et les vêtements des officiers. Elle cherche l'étiquette, le long de la couture intérieure : *Madeleine Lanel*. Les mains tremblantes, elle pend en bout de corde son tablier taché par la volonté de Véronique.

Elle prend son service. Pendant ce temps, les chemises se balancent en lignes parallèles, semblables aux fils accrochés de part et d'autre des rues les jours de fête, avant, quand les fêtes étaient possibles, quand des fanions de couleur palpitaient d'un balcon à l'autre comme un ciel de rechange, bleu, rouge, jaune ou vert, pourquoi pas, même vert, vert-de-gris, et cette tache blanche dans un coin aurait été une simple erreur d'enfant, du blanc plutôt que du vert, agrafé maladroitement et sans malice, isolé, presque inaperçu dans la monochromie d'ensemble. Saleté de Véronique.

Madeleine attend la nuit. Ce soir, elle se couche à nouveau la dernière. Dans le noir, elle décroche de la corde à linge son tablier à auréoles vertes. Elle le découpe aux ciseaux, en très petits morceaux qu'elle noue autour des poignées de placards, du robinet, de la tringle à rideaux, des manches de casseroles, ne laissant au milieu de la table de la cuisine que l'étiquette brodée à son nom, et un papier griffonné : « Bonne fête, Véronique. » Demain, 6 mars, on fête la Sainte-Véronique, patronne des lingères.

Dans le lit, le corps de Jeanne est immobile, bizarrement silencieux. Madeleine se déshabille. Ses vêtements touchent le sol avec un bruit mou. C'est une drôle de nuit : demain, retour à Moermel, plus de piano jusqu'à lundi. Jeanne se redresse.

— Un jour tu t'en iras d'ici, Mado, tu sais bien. Tu n'as pas besoin de Joseph Schimmer. On ira où tu veux. On ira à la mer.

Une vague brûlante déferle des jambes au visage de Madeleine. Jeanne et elle ont tellement évoqué la mer ensemble, paysage inconnu pour Madeleine, désir ancré en elle, têtu, inexplicable.

— À Saint-Malo, tiens. Je t'emmènerai. C'est une ville sur la mer et la mer, c'est pas comme les champs de pommes de terre, c'est jamais pareil. Ça se creuse et ça enfle comme un drap plein de vent.

Madeleine serre le traversin.

— On ira voir la mer, je te jure. On la verra toute mince, toute lisse et argentée, avec le sable plus large que l'eau à cause des marées, et on la verra grise, fripée comme une peau de vieille, ces jours-là elle cogne aux remparts, tes doigts collent parce que l'air est plein d'eau et de sel. Des fois, elle est épaisse, la mer, bleu foncé, comme le vitrail de Moermel, tu vois, et par-dessus, des scintillements te font cligner des yeux à n'importe quelle heure de la journée. Ce que je préfère, c'est les flaques tièdes dans les creux du sable, au mois d'août, quand la mer se retire jusqu'à l'horizon.

Un pan de lune se glisse sous le rideau, oblique, il traverse la chambre en une lente coulée crème.

— Tu verras la mer, et beaucoup d'autres choses. Tu partiras d'ici. La guerre va finir, un jour.

— Tu m'en veux, Jeanne, de ne pas pouvoir attendre ?

— Tu peux attendre.
— Les filles m'en veulent toutes, à cause de Joseph Schimmer. Elles me parlent comme à une étrangère.
— Tu le cherches, Mado.
— Elles me jugent.
— Sûrement.
— Je sais que je te déçois.
La lune tourne. Le rayon blanc se rétracte, reflue vers la fenêtre. Disparaît.
— Ta pitié, Jeanne, j'en veux pas.
— Les filles ont peur, Mado.
— De Joseph Schimmer ?
— Non. De toi.

*

C'est samedi, retour au village. Assise en amazone, Madeleine s'accroche au porte-bagages. Elle a posé la tête contre le dos de Jeanne. Les muscles frémissent sous sa joue. Les roues tressautent. Elle lève les yeux. Des lames vertes pointent encore au bout des branches, malgré la neige des derniers jours. De loin en loin, elles s'agrègent en mousse claire qu'on appellera bientôt « printemps ». Pousses déjà mortes. Elles collent à l'écorce comme les boules de papier crépon fixées sur les peintures d'enfants. Elles vont sécher. Devenir noires. Se détacher. Feuilles mort-nées. Ce paysage est désolant. Une voiture approche, Madeleine remonte l'écharpe sur son nez. La voiture les dépasse. La bicyclette tangue à travers la nuée âcre. Des étendues sépia défilent sous le tintement continu de la sonnette. Champs cuivre, ciel jaune, arbres dorés. Sillons. Par un effet d'optique ils pivotent sur leur axe, et tournent comme un disque, semblables aux rayons de la bicyclette, sur cent quatre-vingts degrés.

À cause de ces sillons, il y a eu Anatole. Germain. Frédéric. Les après-midi dans la grange, les récits d'histoires réelles et rêvées, de baisers, de caresses pas permises qui réjouissaient le prêtre dans l'ombre du confessionnal. Un matin de novembre, Madeleine avait avoué au prêtre le vol d'une robe rouge sur une corde à linge. Une robe rouge et décolletée, trop élégante pour Moermel, trop décolletée pour la saison. Indécente en toutes circonstances. Une robe couleur fraise, à volant souple au-dessus du genou, à taille cintrée. En mousseline douce au toucher. Le prêtre avait chevroté :

— Qu'est-ce que tu en as fait, Madeleine ?

— Ça... je vous l'ai raconté la dernière fois. Je recommence ?

— Rends-la, Madeleine.

Il fallait rendre la robe, la voix du prêtre était suppliante. Tout ce qu'elle avait fait avec la robe, sous la robe, ce qu'avaient fait les mains de Germain sur ses cuisses tendres.

— Je ne peux pas, je l'ai découpée en morceaux.

Le matin même, au petit jour, sous la brume fondante, les marronniers de la grande place dressaient leurs branches couvertes de rubans rouges dégouttant de rosée. Des rubans rouge fraise dans les arbres nus et lisses. C'était effrayant. « Prouve-moi que tu m'aimes », avait lancé Germain la veille, une main glissée sous la robe un peu lâche. Madeleine avait passé la nuit dehors, sous les fenêtres de Germain, nouant les bouts de tissu autour des branches de marronniers. À cause des milliers de sillons étirés jusqu'à l'horizon.

Sans eux, leur tristesse plate, Madeleine ne se serait pas attachée à Bérénice, la sourde-muette, à son morceau de solitude à l'autre bout de la commune au milieu de ses douze chats. Bérénice ne ressemble à personne. La petite maison qu'elle habite n'est pas une vraie maison. Les murs s'effondrent parmi les ronces, les mauvaises herbes, envahis de lierre, de lichen, de mousse. Une fois par an, la vieille y jette à toute volée des poignées de graines de pavot, qui éclosent d'un coup en fleurs palpitantes et rouges. On la voit souvent assise sur une pierre, au milieu du jardin en friche, les yeux dans le vague, minérale sous sa blouse grise, sa peau grise, ses cheveux blancs. Les chats se frottent contre elle. Se glissent sous ses coudes, entre ses jambes, s'étirent sur ses genoux. Bérénice vit ici depuis soixante-dix ans. Son père ferrait les chevaux de ferme. On ne lui connaît pas de mère, pas de frère, pas de sœur. Elle n'a pas de métier, pas de langue, même des signes, pas d'argent. Plus jeune, elle effrayait les habitants de Moermel, perchée jour et nuit dans les arbres, les mains serrées contre la bouche, hululant comme les oiseaux de proie. On l'appelait la Chouette. Il y a vingt ans son père est mort. Tout de suite, les habitants de Moermel ont nourri Bérénice. Elle trouve devant le portail le fruit de leur superstition : viande, légumes, biscuits selon les jours, des vêtements usagés, des images pieuses. Ils la croient sorcière, à cause des bustes qu'elle sculpte dans la terre et qui portent leurs noms, tracés à la pointe d'un couteau, alors qu'elle n'est jamais entrée dans une école. Elle les expose dans le jardin, sous les herbes hautes, suffisamment visibles pour que les habitants en soient effrayés. Léon Gonnet est une sphère brune truffée d'épines. Le père Grégoire un crâne à deux oreilles. Gaël, l'enfant fou, a la figure mangée de fleurs. La tête pleine de cailloux, c'est le père de Madeleine. Le buste de Madeleine vient à peine de sécher. C'est un vrai visage, il est même assez joli. Parmi les dizaines de sculptures qui jonchent le jardin, il est seul à être enveloppé d'un tissu noir, semblable aux cagoules qu'on passe aux condamnés sur l'échafaud. Ce visage ressemble à celui de Madeleine, par le sourire absent, ou bien le regard, dur. Mais c'est le visage d'une autre femme. La première fois que Madeleine l'a tenu entre ses mains, elle était sûre d'avoir déjà vu ce visage. Peut-être dans le miroir, dans son propre reflet. Peut-être ailleurs, mais où, et quand. Bérénice ne dit rien. Tout est là, gravé sur la figure mystérieuse. Madeleine s'assoit parfois près de la vieille femme, parmi les sculptures bizarres et les pavots en fleur. Elle caresse les chats. Les chats s'enroulent autour d'elle, autour de Bérénice qui fixe les sillons par-delà la route, plissant les yeux, constamment, comme si elle voulait les tordre.

Par haine des sillons, Madeleine accepterait tout. Frédéric peut demander n'importe quoi, pourvu que ça donne la sensation de vivre. C'est arrivé, d'ailleurs, il y a plusieurs mois. À table, le frère parlait de chasse. Il piège souvent du petit gibier, attrape des oiseaux si maigres qu'on en croque même les os. Madeleine suçait une carcasse minuscule qu'on broierait plus tard, dans le potage. À chaque respiration, le canon du pistolet confié par Frédéric frottait contre son ventre. Tiédissait lentement au contact de sa peau. Elle savait bien que c'était interdit. Tout le monde le sait. Madeleine n'avait pas posé de questions à Frédéric. Il avait ses raisons. Elle avait simplement glissé l'arme chargée sous sa jupe. Elle avait dîné, cousu, dormi sans jamais s'en défaire, comme il le lui avait demandé. Madeleine n'avait pas eu peur ou plutôt, juste assez.

Et Rennes. Elle avait cru que la ville, son désordre de lignes, de volumes et de bruits, son relief changeant viendraient à bout de l'ennui. Les premiers mois, être inconnue dans une ville inconnue suffisait à la faire sourire. La vue se modifiait à chaque instant. Cassée par l'angle des rues. Coupée par les corps des passants, par un wagon de tramway. Neuve du seul fait d'un visage jamais vu, d'un chapeau curieux, d'un cri. Et puis, très lentement, les sillons étaient apparus. Tout devenait reconnaissable. Les visages. Les corps. Les bruits. Pour échapper aux sillons il faudra voir la mer, si Jeanne dit vrai. Si la mer ne se plie qu'aux assauts du vent, des courants. De ces forces latentes, imprévisibles, contre lesquelles on ne peut rien. En attendant, il y a Joseph Schimmer.

C'est agréable, ce bercement du dos de Jeanne, les muscles en mouvement. Madeleine laisse dodeliner sa tête de seize ans contre ce corps en plein effort, en pleine attente, en plein amour d'Antoine, et comme c'est bon, à cet instant, que ce corps ait vingt-trois ans.

À l'arrivée de Madeleine, des femmes attendent devant l'épicerie. Elles saluent Madeleine, Madeleine les salue. Elle entre. La mère ne lève pas les yeux, elle compte les toutes petites pièces qui sonnent sur le comptoir. Une femme vide son porte-monnaie, elle le secoue, comme si des pièces avaient pu accrocher au fond.

— Madeleine, mets tes vêtements dans la lessiveuse, c'est chaud.

La femme fouille dans ses poches. Il en tombe des tickets. Elle cherche des bons de suppléments. Elle ne trouve pas. Il faut les bons. La femme se mord la lèvre. La mère secoue la tête. Épicier est un métier abominable. Le père note dans dix registres différents, de sa belle écriture de fille, le nom et le prénom de chaque bénéficiaire, la quantité distribuée, le produit ; il colle les tickets bien droit, en sortant la langue. Terriblement appliqué. Il ne se trompe jamais. Carte E. Carte A. J1, J2, J3. Coupons, vignettes. Suppléments pour travaux pénibles, T. Cultivateur, C. Cela prend cinq minutes par client. Le père souligne, sépare. Il trace des lignes à la règle. Des colonnes perpendiculaires. Cent fois par jour il tient les comptes. L'état du stock. La mère surveille. Toute la vie de la commune est là, dans ces registres bien tenus. En nombre de boîtes, en grammes, en unités. Toute la vie de ses parents. Du frère. Les mornes restes de sa vie à elle, Madeleine.

La femme cherche, retourne ses poches. La mère a baissé les lunettes sur le bout de son nez. Le père attend, le crayon en suspens, de savoir s'il vaut la peine de noter les nom et prénoms de Georgette Lebel et de ses enfants. Ils se connaissent depuis quarante ans mais à cette seconde, Georgette Lebel n'est personne. Elle est cette femme qui cherche des piécettes, des morceaux de papier introuvables, les yeux embués de larmes. La mère attend, sourcils froncés. Le père attend. Madeleine n'a plus la force de regarder. Elle sort et jette son linge dans la lessiveuse.

Le samedi soir, ils vont à la messe. Sur le trajet, Madeleine devance toujours ses parents et son frère, de quelques pas, cela suffit. À l'église, d'habitude, elle reste au fond, debout contre la porte, contre Jeanne, Antoine et les autres. Ils sortent deux à deux, à tour de rôle. Quand il fait trop froid, ils montent jusqu'à la galerie intérieure, celle du vitrail bleu. Le soleil le traverse. La pierre change de couleur. Leurs peaux, leurs vêtements. Ils longent les murs, ils avancent dans le bleu au-dessus de l'harmonium, jusqu'au bruit énorme. Le bruit résonne dans leurs corps comme dans toute l'église. Ils s'embrassent. Leurs gorges vibrent. Leurs bouches. Leurs langues. Rien n'est plus laid que le son de l'harmonium. Ils iront en enfer, ils y sont, l'enfer est ce plaisir mouillé dans ce bruit monumental, traversé de soleil bleu.

Mais aujourd'hui, Madeleine s'assoit à côté de la mère, au premier rang. Entre le père et elle, plus précisément, pour éviter le frère. À côté du frère, elle ne pourrait pas. Il y a cette ressemblance entre eux, dégoûtante, tellement frappante que les gens de Moermel continuent, après seize ans, de s'en étonner. Madeleine n'a pas besoin de tourner la tête, elle sait bien que la mère la regarde par en dessous. Elle n'en revient pas de voir Madeleine assise près d'elle. La mère ne chante pas. Elle n'a pas tourné la page du missel. Elle essaie de comprendre. Au moment de la communion, Madeleine se lève, elle suit la mère dans la file. De l'autre côté des bancs Frédéric se tient immobile. Il la regarde. C'est la première fois qu'elle le laisse seul dans l'église. Il l'attend. Elle passe devant lui, l'hostie collée au palais. Frédéric est malheureux. Elle ne peut pas lui expliquer que ce n'est plus possible, les sillons, lui, toute l'enfance étouffante ordonnée autour de l'église, autour de Moermel. Elle se rassied à côté de sa mère. Elle ferme les yeux, les mains jointes sur sa jupe. Elle compte jusqu'à onze, lentement. La mie fond dans sa bouche. Se délite. Jamais elle n'a prié comme ça. Elle compte jusqu'à onze, elle somme Dieu de lui donner une preuve de son existence. Onze. Les cloches sonnent, à toute volée. Elle sourit. Joseph Schimmer l'aimera.

Avant son retour à Rennes, Madeleine passe chez Bérénice. Elle veut montrer à Jeanne ce buste tout neuf qui porte son nom et pas son visage. Elle pousse la grille, elle cherche dans les herbes. Jeanne ne veut pas entrer. Madeleine ramasse la tête enveloppée de la cagoule noire, elle la prend sous le bras et la pose sur le muret extérieur, à hauteur de son propre visage. Elle dénoue le tissu. Les reliefs de la sculpture sont polis par endroits. Jeanne touche le nez. Les pommettes. Le menton. Elle cherche. Madeleine a confronté les traits de toutes les femmes du village avec cette figure d'argile. Ce sont les yeux de Françoise, peut-être, le nez d'Angèle, la bouche de Marie en l'étirant un peu, ce n'est personne. Combien de fois, croisant le visage d'une femme inconnue, d'une paysanne traversant Moermel, n'importe qui, une cousine venue faire la moisson, une Rennaise en partie de campagne, Madeleine va espérer rencontrer cette autre, incarnée, vivante. Elle appuie son front contre le front de terre. Elle caresse les cheveux creusés au peigne, figés une fois pour toutes. Très lisses. Elle regarde cette image, yeux dans les yeux. Elle touche les oreilles. Petites. Elle pense qu'une étrangère habite au-dedans d'elle-même, qui doit ressembler à cette sculpture. Puis elle couvre le buste, le repose dans l'herbe.

 Bérénice sort de la maison. Blouse grise, jupe grise, cheveux blancs. Elle vient vers Madeleine et Jeanne, qui s'éloigne. Bérénice s'assoit près de Madeleine, sur le mur, les jambes ballantes. Toutes les deux fixent, droit devant, l'étendue verte et brune. Et au premier plan, de l'autre côté de la route, une profusion d'épervières piloselles, boutons de fleurs jaune d'or qui n'auraient dû s'ouvrir qu'en mai. Elles restent là, face à ces bandes de couleur. Vert. Marron. Vert tendre. Beige. Vert piqué de jaune. Bleu ciel. Les chats se glissent entre elles. Bérénice plonge sa main dans sa jupe, en retire des graines de courge qu'elle casse d'un coup d'incisive, et crache l'écorce entre ses jambes. Cela forme, minute après minute, un petit tas humide et blanc.

— Qui est la femme de la sculpture, Bérénice ? Pourquoi tu lui as donné mon nom ?

Bérénice frissonne, boutonne le haut de sa blouse. Elle se lève, et remonte vers la maison. Les chats s'éloignent parmi les herbes hautes. Il est l'heure de partir.

Jeanne est déjà loin, sous le corps d'Antoine. Madeleine enfourche la bicyclette. Elle pédale. Dépasse le panneau Moermel barré d'une diagonale noire. Le grelot familier résonne dans la distance. Frédéric est là, derrière elle. Il est venu l'attendre à la sortie du village, comme chaque dimanche. Il suit le rythme de Madeleine. Il ne s'approche pas. Elle lui en est reconnaissante. Elle ne ralentit pas non plus. Il ne demande pas davantage que cette cadence commune. Pédaliers à l'unisson, grelots tintant simultanément dans le couchant. Il la voit, petite silhouette bleu-gris suivant le ruban de route, très droite sur la selle. Elle l'entend. Elle sourit. Il n'en a pas idée. Ils pédalent lentement, ils vont de champ en champ, il sait qu'elle continuera jusqu'à Rennes, et peut-être plus loin, là où il ne peut pas la rejoindre. Qu'elle ne s'arrêtera pas. Ne se retournera pas. Il la laisse partir. Ils n'ont jamais été plus complices. Une ligne mauve émerge, au loin, contre un sol en jachère. La ville. Madeleine compte jusqu'à onze. Elle accélère, tout doucement. Elle creuse la distance. Le tintement s'amenuise. S'évanouit. Elle monte sur les pédales. Elle s'éloigne à toute force.

Les champs, les arbres, les courbes de la route mènent à Rennes. À l'Hôtel des Ducs. À Joseph Schimmer. Cette pierre familière, toute blanche, toute plate, sur le bord du chemin, annonce toutes celles qui vont suivre. Les grises, les noires, les biscornues, les lisses, les grosses, les minuscules. Et la passerelle de bois au-dessus du ruisseau. Et le saule déraciné dans le virage. Et le talus herbeux, les buissons pour s'aimer, les ornières entre les deux grosses fermes. Les cylindres des troncs, leur succession noire, les sous-bois à droite, à gauche, le pommier mort, la plaine morne, les faubourgs, la ville, l'hôtel, le pianiste. Madeleine espère cette pierre familière, elle se réjouit de sa présence à l'endroit attendu. Elle espère les champs. Chaque champ. Son périmètre, sa forme, sa couleur singulière, son dénivelé propre. Elle espère les sillons, leur succession rythmée selon un ordre immuable : ils conduisent à Rennes. Maintenant la haie verte, la barrière des Fennol, le mamelon de terre. Maintenant le pommier mort, un arbre gris à l'écorce lisse, douce comme la peau, dont il ne reste que l'énorme tronc creux et deux branches levées vers le ciel. L'arbre vient juste derrière les ronces, précède un verger de poiriers. Voici les ronces, les ronces puis l'arbre qui marque une rupture dans le paysage, ensuite s'étire l'étendue plane dont Rennes émerge en bout de course, Madeleine voudrait crier, épuiser l'impatience de son corps, mais elle freine. Elle fixe le champ. Essoufflée. Le tronc du pommier est coupé net à la base. Les branches sont débitées en petites bûches égales. La souche fendue s'ouvre comme un crâne, dans la lumière violette.

Le jour s'abîme sur l'arbre massacré. La joie de Madeleine bute là. C'est à douter de la route au-delà du virage. De la plaine. Des faubourgs. De Rennes. D'une suite possible. Le cœur de Madeleine bat *lento*. C'est fini. Le chemin ne tiendra pas sa promesse. Elle regarde les tronçons du pommier. Elle est certaine qu'à Rennes personne ne l'attend. Elle s'attarde un peu, hébétée. Le jour décline franchement. Elle remonte sur la bicyclette, parce qu'elle a froid. Elle pédale, par habitude. Par devoir. Par haine de Moermel. Parce que la nuit tombe. Parce que Elena s'inquiète. Parce qu'elle a besoin d'argent. Parce qu'il le faut. Ses jambes pédalent. Elle se laisse faire. Elle traverse le rouge, le violet, le pourpre, le grenat sans rien voir. Elle range la bicyclette dans la cour de l'hôtel. Elle ne cherche pas Joseph Schimmer. Pas la peine. Elena est debout dans l'entrée, appuyée à la rampe.
— Joseph Schimmer est à Paris, pour une semaine.
— Je sais.
Ce soir, Madeleine se couche contre Jeanne, terrifiée par l'absence.

*

Service du petit déjeuner. La porte bat contre le mur de la cuisine.
— Tiens, Mado, tu travailles ce matin ?
— Tu ne vas pas au théâtre ?
— Tu restes ici ? On a trouvé une assistante pour le pianiste ?
— Tu es soulagée ?

— Tu fais les chambres ? Lesquelles tu veux ?
— Prends la 18... Si tu préfères, je te laisse la 18.
— Mado ? Elena veut te voir, dans son bureau.

Madeleine essuie ses mains au torchon. Elle monte l'escalier. Il flotte une odeur douce de tabac, un son confus, brouillé, de TSF. Elle écoute le silence qui se forme derrière elle. Ce sont les filles qui cessent de laver, de remplir, de rire, de marcher, de remuer couper chauffer servir pour l'entendre monter, suspendues à ses pas. Alors elle en retient le rythme, exprès.

Le visage d'Elena se découpe, de profil, dans l'embrasure de la porte. Elle fume, évidemment, alanguie dans le fauteuil en cuir. Les pieds croisés sur la table, ses jambes exposées à la vue. Elle regarde au-dehors, la tête penchée. La fumée s'échappe de ses lèvres comme un éther, lentement, sans qu'elle l'expulse, et cette vision a quelque chose d'à la fois tendre et douloureux. Madeleine serait tentée de rester là, à contempler Elena. Son poignet s'approcher de sa bouche, ses joues se creuser, la fumée danser, épaisse, blanche comme un lambeau de brume, l'image est si belle ; mais des larmes lui viennent, sans raison avouable. Elle monte les dernières marches.

— Ferme la porte, Madeleine. Assieds-toi.

La TSF crépite sur un petit meuble à côté d'Elena. Un homme parle. Il est question de légion, de volontaires, de combats héroïques. Elena regarde au-dehors. Madeleine regarde Elena. Le tableau accroché au-dessus d'Elena. C'est une femme jeune, qui regarde par la fenêtre. Elle est vêtue d'une robe grise très légère, presque translucide, dont la couleur se confond avec la toile, avec le ciel. La femme regarde on ne sait quoi au-dehors, au-delà de toute vue, quelque chose qu'on ne voit pas. Elle regarde par-delà le cadre comme Elena par-delà la vitre. Elle regarde, comme Liszt sur la photographie de Joseph Schimmer, des spectres invisibles à l'œil nu. Sa main est posée sur le rebord de la fenêtre, paume offerte. À cause de cette paume, Madeleine sait que la femme est là depuis longtemps. Elle semble épuisée. Le soleil qui l'éclaire doit être lent à se mouvoir, et peut-être immobile. Ce jour où elle est peinte a duré cinquante heures.

Une sonnerie de clairon, une voix. Elena replie ses jambes sous la table. Elle monte le son.

— Maintenant, écoute.

La voix s'appelle Pierre Hiégel, de Radio-Paris. Elle est gaie. Elle annonce : « *Études symphoniques* », *de Robert Schumann*, par Joseph Schimmer. Elena allume une autre cigarette. Elle se lève, marche vers la fenêtre. S'y appuie, comme la femme sur le tableau.

La mélodie est grave. La porte révélée par Joseph Schimmer s'ouvre tout de suite, à l'intérieur de Madeleine. Inexorablement, il n'y a rien à faire. Sans hâte, elle s'ouvre grande. Le premier qui ouvre cette porte la referme derrière lui. Il occupe la place sensible, il caresse, il creuse, il griffe. Elena le sait, elle se détourne et attend, regardant au-dehors, que la musique s'arrête. *Études symphoniques*, variations. Au-dedans de Madeleine, quelque chose s'effondre. La colère pousse, la peur, violentes, apparemment sans objet. Elles se précipitent à l'endroit qui saigne, au seuil de cette porte béante. Les larmes coulent toutes seules. Madeleine est dans la musique, à cet endroit du corps qu'elle ignorait jusqu'à Joseph Schimmer, et encore maintenant, elle peine à le situer. Une porte est grande ouverte, c'est tout ce qu'elle sait, sur un tissu de nerfs, de chair, et il n'y a plus besoin d'yeux pour voir, de tympans pour entendre, de bouche pour goûter, de mains pour caresser, le corps est accessoire.

La voix de Pierre Hiégel annonce Charles Trenet et son orchestre. Elena se retourne, écrase sa cigarette. Elle éteint la radio. Madeleine fixe la place laissée vide par Elena, devant la fenêtre. Elle rentre sa main dans sa manche, elle sèche lentement ses yeux, ses joues, sa bouche. Les talons d'Elena s'éloignent dans la pièce. Il y a un froissement de papier. Un claquement doux. Le crépitement du diamant sur le vinyle.

— Tu reconnais, Madeleine ?

— Les *Études symphoniques* de Robert Schumann.

— Jouées par Hugues Grimbert. Tu dis « de Robert Schumann »... Ce n'est jamais du Schumann, Schumann est mort, mais même vivant... C'est du Hugues Grimbert. Du Hugues Grimbert ou du Joseph Schimmer, tu perçois bien la différence ?

Tous les jours de cette semaine sans théâtre, Elena modulera la fréquence de sa TSF sur les concerts de Radio-Paris, sur les mains de Joseph Schimmer, et Madeleine, se persuadant d'entendre Mozart, Schubert, Beethoven, n'écoutera jamais que Joseph Schimmer. Elle voudrait, à toute force, croire que la musique est un seul pays, Joseph Schimmer ou un autre interprète, quelle importance ? Chaque jour de cette semaine d'absence, le soleil sera lent à se mouvoir, immobile.

Chaque jour durera cinquante heures, peuplées de spectres invisibles.

*

21 mars, jour du printemps. Soleil éblouissant. Ricochant partout, allongeant de vraies ombres, nettes et noires sur le sol clair. Madeleine marche vers le théâtre, il y a de l'or dans ses cheveux. Elle sent la température de l'air, elle y fait attention. D'habitude ça ne fait rien qu'il fasse chaud ou froid ou tiède, ça n'a pas d'importance, la couleur des feuilles. Aujourd'hui elles sont vert translucide, presque jaunes, le soleil passe à travers et révèle un réseau de veinules minuscules, dentelle fragile, Madeleine en éprouve un plaisir immédiat. Ce matin, elle est d'accord pour avoir des yeux, une peau, un corps. Joseph Schimmer est de retour.

Madeleine est ponctuelle, Elena a dit : dix heures. Joseph Schimmer doit arriver par le train du matin, il ne passe pas par l'hôtel. Une voiture à chauffeur le dépose au théâtre, directement. Madeleine traverse l'entrée, ne voit personne, et monte. Une voix aigre s'échappe de la grande salle.

> *C'est avec ces dames qu'Oreste*
> *Fait danser l'argent à Papa.*
> *Papa s'en fiche bien, au reste,*
> *Car c'est la Grèce qui paiera.*

Des rires. Là-haut, la salle est vide, et noire. Madeleine attend face aux corps mutilés, aux cadavres peints, aux masques mortuaires.

— Tu es sûre que Joseph Schimmer va revenir ? a demandé Jeanne hier soir.

— Pourquoi il ne reviendrait pas ?

Jeanne a dégrafé sa chemise.

— Elena pourrait se tromper. Il est arrivé sans prévenir, il pourrait s'en aller pareil.

— Vraiment ! Tu te demandes, toi, si Antoine sera là, chaque fois que tu rentres à Moermel ?

Jeanne a soupiré. Elle s'est couchée.

— Un jour, Joseph Schimmer ne reviendra pas. Tu sais que j'ai raison.

Alors ce matin, Madeleine a questionné Elena :

— Vous êtes sûre, il revient ?

Elena a eu un sourire indulgent.

— Cette fois, oui. Une autre, peut-être pas. Et puis ce sera définitif, il ne reviendra plus. Tu le sais, n'est-ce pas ?

Elena nouait son chignon, face au miroir. Y piquait les épingles recourbées qu'elle serrait dans sa bouche.

— Tu as enfin peur, c'est bien. Il ne reviendra pas et d'abord, tu sentiras une petite apocalypse au-dedans de toi, la vie en est remplie, qui n'aura pas le moindre impact sur le reste du monde. Et puis tu oublieras. Cette histoire n'est rien, puisque tu sais qu'elle a une fin. Regarde-moi.

Madeleine a levé les yeux, rencontré ceux d'Elena dans le miroir.

— Si tu voulais, ce ne serait même pas une histoire. Il suffirait de le vouloir et d'attendre qu'elle passe. Le temps a raison de tout. Il n'y a pas d'exception. L'amour, Madeleine, c'est l'autre nom de l'impatience.

Elena a mouillé ses doigts, lissé ses cheveux des tempes au chignon.

Madeleine est sûre que Joseph Schimmer va revenir. Elle n'ose pas entrer seule dans la salle de piano. Elle se penche par-dessus la rampe. La porte du théâtre doit être ouverte sur la rue. Des bruits pénètrent jusque dans les étages, moteurs, klaxons, cris atténués par la hauteur, et une voix de femme dans la grande salle s'y superpose : *Tzing la la, tzing la la, Oya Kephale, Kephale, o la la !* Madeleine regarde le corps décharné d'un homme, au premier plan du tableau devant elle. Celui-là ne meurt pas dans le combat. Il a le teint cireux, on voit ses côtes sous sa chemise ouverte. Il est malade. Il ressemble au père de Madeleine. Le père va mourir. Elle l'a bien vu, samedi. Décoloré. Plus exactement : jaune. La peau, le blanc de l'œil deviennent sales, une teinte que le médecin appelle : ictère. Il écrit dans les énormes registres à l'épicerie, et brusquement, il se lève. Il court, les lunettes dégringolent par terre, il les rattrape, se prend les pieds dans la chaise, se raccroche à la table, lâchant les lunettes, et la mère a honte. Elle ne tourne pas la tête. Les clientes effarées suivent des yeux les contorsions de l'homme pour rattraper sa vue, son corps. Il disparaît pour se vider. Par le haut, par le bas. La mère sert les femmes, remplit les paniers, rutabagas, haricots, choux, bouteilles de lait, rend la monnaie, bavarde, médit, médit surtout. Le père revient. La mère le supplie, d'un seul regard. De ne pas entrer. De se cacher au salon, de s'asseoir dans le fauteuil. Elle cherche le frère, du coin de l'œil. Le frère musclé, vaillant, qui ne se montre pas. Madeleine assiste à cette horreur muette, tressant des hottes en osier dans le fond de la boutique, folle de tendresse pour le père. Et pour la mère, trente ans plus fraîche que son mari. Il l'a vue naître, grandir, l'a épousée en pleine jeunesse parce qu'elle était enceinte et maintenant il se décompose, la forçant, elle et ses enfants, à anticiper la déchéance de leur propre corps. Le père vit des cailloux plein la tête pour ne pas penser, Bérénice l'a bien compris. Une fois qu'il s'est soulagé, il revient s'asseoir face aux registres. Alors Madeleine se lève. Elle marche vers lui. Toutes les femmes la regardent. Sauf la mère. Madeleine se penche, tout doucement, derrière le père. Elle lui parle à l'oreille. Ce qu'elle dit n'a aucune importance. Ce qui compte, c'est se pencher à cet endroit précis. Se pencher là, lentement, face à la file d'attente, un sourire aux lèvres, que la mère ne peut pas voir. Le père sourit, lui aussi, à cause du souffle tiède contre son oreille. Les mots de Madeleine n'y sont pour rien. Madeleine pourrait demander au père s'il a soif, ou faim, pourrait lui dire tu as vu dehors, il fait soleil, et même articuler des syllabes muettes, ce serait égal. Les femmes regardent, imaginent la connivence du père et de la fille. Elle a murmuré : « Je vais pendre le linge. »

Un jour, le père se couchera. Le frère tiendra les registres, assis à la place du père. La mère continuera à tricoter comme si de rien n'était. On verra la mère et le frère, côte à côte, couple étrangement assorti. Une vision effrayante. En attendant le père s'en va, morceau par morceau. La couleur s'en va. La graisse. Il s'efface. Il glisse vers l'absence, comme le soldat à l'agonie sur le tableau là, dans le théâtre, face à Madeleine.

Joseph Schimmer arrive, Madeleine l'attend. Des rayons de lumière fendent l'obscurité, la poussière y tournoie en un sable très fin. Dans la salle de concert, au-dessous, la répétition se poursuit.

C'est la fête d'Adonis ?
Mais nous en sommes, de la fête d'Adonis !
Nous sommes de toutes les fêtes !

Des voix d'hommes résonnent dans l'entrée. Ils rient. Leurs ombres les précèdent. Elles glissent sur les marches, mouvantes, ondulées, jusqu'au mur. Elles portent des casquettes, dont la visière se détache et se résorbe au moindre mouvement de tête. Deux hommes apparaissent au-dessous de la balustrade, écrasés par la hauteur. Joseph Schimmer doit être l'un d'eux. On ne peut pas dire lequel. Même stature, mêmes vêtements, même langue. Voir les mains, pour être sûre. Mains pour Liszt. Mains pour les fusils Mauser. Le soleil éclaire un visage inconnu, qui s'éloigne. Joseph Schimmer est l'homme resté devant le tableau. Semblable, à cet instant, à l'homme debout aux côtés de Madeleine, une nuit de couvre-feu, qui vient d'éventrer la jante de sa bicyclette : un vert-de-gris sans nom, sans prénom, sans mains, sans yeux, sans piano. Maintenant il vient. Il atteint le palier. Madeleine recule vers le couloir, vers le noir. L'homme passe près d'elle, il ne la voit pas. Il entre dans la salle, elle ne le voit plus. L'ampoule jaune s'allume. Le tabouret grince. Il joue. Trois notes. Dans un sens. Dans l'autre. Il monte et descend le clavier, avec un seul doigt, comme ferait un enfant. Madeleine écoute. Trois notes aiguës. Trois notes graves. Deux notes encore. Madeleine se souvient des paroles d'Elena. Il faudrait s'en aller, il est encore temps de ne plus revenir. Elle ferme les yeux très fort et elle pense à la mer, la mer bleue par un jour pareil, plissée, profonde et, si possible, furieuse. Trois notes aiguës. Voir la mer, noyer dans le bleu profond la peur, sous l'écume, sous le sel. Madeleine dévale les marches, franchit l'entrée, les dalles blanches et noires, court au-dehors, court devant sa peur, sa peur s'étend de Rennes à Moermel, vaste comme la plaine : l'homme qui joue là-haut, dans le théâtre, est un soldat.

Elle traverse la cour de l'hôtel, elle pousse la porte, essoufflée.

— Bonjour, Madeleine.

Face à elle, dans la salle à manger, Joseph Schimmer boit un café.

— Vous avez vu le lieutenant Schloss, je présume ?

Il dit qu'il ne voulait pas la faire attendre. Qu'il est épuisé. Qu'il ne se sentait pas la force d'aller au théâtre, qu'il est venu ici directement, et a envoyé Schloss la prévenir. Alors elle éclate de rire. Elle tombe sur une chaise. Elle rit à pleurer. La mer déborde, elle rit. Il la regarde. Il dit très bas, elle ne peut pas l'entendre, *vous êtes jolie, Madeleine, quand vous riez.*

Ils se retrouvent le lendemain.
— Je prépare le festival Mozart, pour le mois de juin. Le cent cinquantième anniversaire de sa mort. On dit que Beethoven est meilleur, pour les sonates. Je ne suis pas d'accord. Les sonates de Mozart sont apparemment légères. Il faut les écouter note à note, il faut du silence autour. D'ailleurs je vais me taire. Ouvrez la partition pour vous.

Elle ne va pas ouvrir la partition. Tout le long du chemin elle a serré les poings, se répétant la même phrase, elle ne veut plus mentir. Elle n'entend pas les mots de Joseph Schimmer, les siens tournent dans sa tête, ils vont cogner jusqu'à ce qu'ils soient dits.
— Vous n'avez pas besoin de moi. Personne ne me verra tourner les pages, j'en ai assez. Ça vous regarde, pour quoi vous me faites venir.

Joseph Schimmer pose les mains sur ses genoux. C'est leur premier silence. Ils se regardent, sans ciller.
— Je ne viens plus que pour écouter.

Elle sent le poids de son silence. Son étendue. Elle regarde le piano ouvert. Son silence est plus vaste que le piano. Elle en fait le tour, avec les yeux. Elle contourne le piano, elle marche lentement, un doigt posé sur la laque noire. La boucle terminée elle appuie son coude, la joue dans la main, au-dessus du clavier.
— Vous commencez par quoi ?

Joseph Schimmer sourit.

— Satie. Satie vous ira bien. *Gymnopédies.*
C'est un balancement continu, lent. La mer est calme, sombre. Aucun enfant ne joue sur ce sable, il fait froid. Ou bien il est trop tôt le matin. Ou c'est l'heure du dîner. Peut-être un enfant joue-t-il, mais seul. Il tient un cerf-volant qui tombe sans cesse. Ou bien il ramasse des coquillages dans un seau, figure isolée, courbée sur le sable beige. Non, la plage est vide. On marche contre le vent sur cette plage, à l'oblique du sol, les yeux plissés, les mains dans les poches. Pas de bateau à l'horizon, ni gros ni frêle. Sur la mer de Satie, pas un bruit. Pas de cris d'enfants, pas de baigneurs, pas de machines. Le vol souple, solitaire, d'un ou deux oiseaux blancs, comme on en voit sur les cartes postales. On est seul sur le rivage, entre l'eau et le ciel.
— Et maintenant ?
— La *Villa d'Este.*
Madeleine se figure un pays de soleil, un lac bleu marine, les glissements du spectre solaire à la surface qui s'écaille, se ride, et diffracte la lumière.
Le piano n'a pas de frontières.

Pour Madeleine, il n'y aura plus jamais de partitions. Joseph Schimmer est au piano, Madeleine touche les visages peints sur les murs. Touche les cartons rugueux, tissus souples, presque transparents, toiles immenses tendues jusqu'au plafond. Joseph Schimmer joue Satie, Liszt, et d'autres encore dont elle ignore le nom. Elle écoute, parmi les décors d'opéra : forêts obscures, touffues, biches, cabanes de chasse baignées d'un soleil doux, traversant les branches en diagonales jaune pâle ; salle de spectacle, arcades dorées, loges, baignoires, rideau rouge au drapé grossier ; rue aux maisons basses, sombres comme l'hiver, colombages, murs pastel, ciels indéfinissables où des trous se font jour, ruisseaux crevés, irréparables, fruits peints mangés par les souris. Une scène antique, des colonnes à chapiteau nu, des feuilles d'acanthe, blanches, l'Antiquité est blanche, elle se souvient de cette impression depuis l'école primaire, un temps de stèles, de marbre, de plâtre, de poussière, calcaire, plein d'effritements et de ruines, de draperies pâles. Elle heurte parfois des planches, des tréteaux, des objets très légers qu'un mouvement de jambes envoie rouler loin d'elle, irrattrapables, sous d'autres décors, chutes de bois, masques plongés dans un perpétuel crépuscule. Elle ôte ses chaussures. Elle danse. Tourne, lentement, les bras en croix. Elle contemple le plafond. Elle imagine les nuages, les anges poupons qui s'y trouvent, joues magenta, trompettes safran sous des cieux cyan et bleu de cobalt. D'autres fois, elle se tient debout, près de Joseph Schimmer. Elle regarde ses mains. Elle sent son cœur là, sous les doigts qui le pressent, vivant, tandis qu'à Moermel le père meurt de spasmes identiques, elle son cœur, lui le foie, l'estomac, tout le reste, jamais elle n'a été plus proche du père que sous les doigts de Joseph Schimmer.

Parfois, Joseph Schimmer joue Bach.

— Les *Variations Goldberg*, dans ma tête, cent fois par jour, quand j'étais dans le Nord. Je dis cent fois, c'est mille, c'est tout le temps. Ne plus entendre les stukas, les BF 109, le bruit n'a pas de limites, dans la Somme. À Dunkerque, rien n'avait de limites. Il fallait les hurler, les *Variations,* ça m'est arrivé, et vous croyez qu'on va vous regarder de travers, vous prendre pour un dingue, mais ça n'a aucune importance, certains parlent à leur mère, une prière de petit garçon qu'ils murmurent sans arrêt, du bout des lèvres, d'autres invoquent Dieu ou inventent des équations, moi je marchais droit grâce à Bach.

Il prononce ce nom d'une façon que l'on ne peut pas écrire, étrangère aux possibilités de la langue de Madeleine. Bach. Un son guttural et doux que malgré elle, en silence, la bouche arrondie autour de la syllabe, Madeleine s'efforce de reproduire.

*

Dans les grandes villes de la France occupée, une Feldkommandantur. Dans chaque Feldkommandantur, des officiers mélomanes et une salle de concert. Par la force des choses, Joseph Schimmer est un homme absent. Pour Madeleine, les jours sans Joseph Schimmer sont tout de suite des jours pour rien.

Nantes, Tours, Poitiers, Angoulême. Ces jours-là, pour qu'ils comptent, Jeanne emmène Madeleine où elles ne sont jamais allées ensemble. « Viens. » Elles traversent le jardin public, l'allée de l'Enfer, réservoir d'eau asséché depuis deux siècles. Il n'y pousse plus de fleurs, il n'y pousse plus d'herbe, rien. Elles longent les bords des bassins du Thabor, lisses, glacés, entourés de terre stérile. Elles marchent autour de l'eau captive, le motif en est répété sur la surface des serres, leurs plaques vitrées identiques, comme tout cela est triste. Madeleine voudrait l'eau ridée, brisée par un caillou, un oiseau, un tremblement de doigts. « Viens », dit Jeanne. Elles s'accoudent aux ponceaux de plâtre en simili-branches qui surplombent la cascade du square, les grottes aménagées, les clapotis pensés, la mousse voulue, eau navrante, c'est à pleurer. « Viens. » Plus loin, l'eau des carrières d'Apigné est blanche de poussière, les piscines froides cernées de roche claire se tapissent d'algues en attendant l'été. Une eau pour mourir, à cette époque de l'année. Même le canal, au nord, est une eau dressée, serrée dans des entraves de pierre, retenue et droite, avec des quais et des enjambements pour ne pas se mouiller.

Bordeaux, Mont-de-Marsan, Hendaye. À la mi-avril, il pleut comme il pleut quelques fois dans un siècle. Le lit du canal déborde, lentement, silencieusement. À l'ouest les cours d'eau se déversent dans la terre. L'Ille, la Vilaine, le Meu engloutissent leurs berges, les routes, les champs sous un mètre de liquide uniforme. Jeanne pédale, « Regarde, Mado, regarde ! », et elle tend la main droit devant, essoufflée, lumineuse. À partir de la rue de Brest, une surface bleu métal s'étire au-delà des faubourgs, traversée d'une passerelle en planches flottante, sinueuse jusqu'à l'horizon, greffée d'une multitude d'embranchements desservant les maisons au ras de l'eau, réseau compliqué, instable, noir dans le contre-jour. Par endroits, l'eau gonfle et se creuse en remous amples et les maisons vacillent. Une femme est debout sur la passerelle, devant sa porte, un seau à la main. Elle regarde fondre la ligne de démarcation entre le ciel et l'eau. Fondre la frontière, et le jour. Madeleine sourit. Cette fois c'est beau, une eau libre, imprévisible, presque la mer, presque un jour qui en vaut la peine. Pendant quelque temps, il reste des flaques. Puis des croûtes de boue sèche. Puis rien.

Montoire, Bourges, Moulins, Dole. Les jours d'absence, Madeleine erre à la gare de Rennes, au bout de l'avenue Janvier. Des hommes entrent et sortent, en uniforme, en vêtements de travail, des racoleuses en habit de jour, des soldats, des cheminots un peu noirs, les mains vides, une cigarette entre les lèvres. Elle vient avec un sac, et dans son sac juste de quoi partir. Une brosse à dents, ses papiers, une tenue de rechange. Elle pénètre dans cet espace au nom étrange : la salle des pas perdus. Et elle s'y perd, en effet, déambulant sans but parmi les voyageurs, les cheminots, les dames élégantes venues de Paris avec de grands cabas, qui repartiront le soir par le train de minuit. Elle traverse la salle. Elle y tourne. Elle se mêle à des groupes d'hommes et de femmes, au hasard. Elle les accompagne, jusqu'à la sortie. Elle s'offre des familles à l'accent pointu, des compagnons à moustache, elle se fait gouvernante de petites filles en robe claire, se glisse dans les pas de gendarmes pour se sentir prise en faute, éprouver la honte de ceux qu'on suit des yeux dans les lieux publics, cela n'est pas désagréable, puis se détourne d'eux au premier regard.

Souvent, Madeleine s'approche des quais. Se tient face aux rails. Des trains entiers se déversent sur elle, une foule brune chargée de paquets, de colis semblables à ceux qu'on empile sur des chariots le long des voies, en partance pour les grandes villes ou les imprononçables lieux de captivité des prisonniers de guerre. Elle se laisse prendre par le flot des corps, debout, elle résiste au mouvement qui vient en sens contraire, les yeux clos. Elle respire des odeurs d'ailleurs, elle entend des voix, des cris d'ailleurs. Ils la bousculent, ils ne font pas exprès, elle ne peut pas être plus mal placée. Au milieu du courant. La première fois, les portes se sont ouvertes, débarquant une foule énorme aux bagages curieux, étuis et housses noirs de toutes tailles que certains portaient à la main, à l'épaule, d'autres sur le dos, que plusieurs roulaient devant eux et dont la forme, tantôt verticale, tantôt couchée, évoquait un cercueil, une harpe, une contrebasse, l'un de ces instruments d'orchestre plus grands qu'un homme. Ils contournaient Madeleine, par centaines, ils riaient, les bras chargés. Les femmes étaient nombreuses, et des enfants couraient entre leurs jambes. Le train des étuis noirs est le premier que Madeleine a vu, a senti se vider autour d'elle, bercée comme la feuille, la plume dans le creux de la vague, transportée sans effort loin du quai, loin c'est tout, sans volonté autre que celle de se laisser porter. Elle a suivi les voyageurs jusqu'à la sortie. Un homme en costume sombre serrait chaleureusement les mains des arrivants, et il avait serré les siennes, aussi, avec un sourire appuyé, l'invitant à poursuivre son chemin jusque sous la banderole : « *Bienvenue aux orchestres, chorales, et personnel technique de la Radiodiffusion nationale — Rennes, capitale française provisoire de la musique* ».

Aussi, Madeleine assiste aux départs. Bruits des machines, du métal chauffé, les pièces mécaniques frappent, claquent, grincent, jusqu'à ce que le train se détache. Elle reste sur le quai. Elle fait un signe du bras, comme les silhouettes agitent la main à l'arrière d'un paquebot qui a pris la mer, elle a vu ça dans un film, au cinéma, elle en est sûre, tandis que la foule immobile rétrécit, se fond dans la terre, s'efface.

Elle marche vers la sortie, quelques mendiants tendent la main. Elle leur ressemble. Pas perdus, main tendue, quêtant de quoi vivre, répétant le même geste chaque jour, et plusieurs fois par jour, donnez-moi de quoi vivre. Elle marche, son sac à la main, avec sa brosse à dents, ses papiers d'identité, sa tenue de rechange qui ne servira jamais qu'à Rennes ou pire, à Moermel, tous les trains partiront sans elle.

Elle fait ce rêve, une nuit, qu'elle suit dans la gare le visage sculpté par Bérénice. La femme porte une robe noire, un manteau noir, un chapeau noir. Elle est grande et svelte. Madeleine se retourne sur son parfum de violette, suit son sillage à travers la salle des pas perdus. La femme s'arrête, tourne sur elle-même, cherchant des yeux le panneau des horaires, une horloge, l'indication de la sortie, peut-être un homme, elle cherche et ne trouve pas. Madeleine tente de faire un geste. D'articuler un mot. De pleurer. La femme ne la voit pas. Ne l'entend pas. *Cherche-moi,* pense Madeleine. La femme se dirige vers la sortie, jette des regards vains autour d'elle, *cherche-moi, trouve-moi,* s'engouffre au-dehors sans laisser de trace.

Un samedi, on donne une kermesse à Moermel. Une loterie comme il s'en organise souvent, au bénéfice des prisonniers de guerre. Le matin, on vénère des reliques, le foie rabougri de saint Benoît dans un bocal en verre et quelques os qui ne sont peut-être, sûrement, que les restes rongés d'un chien de ferme. Tout ce qui subsiste des maris, des fils captifs, c'est le colis qui va partir tout à l'heure. Les jeux de palets claquent au-dehors, les hommes sont peu nombreux mais ils parlent fort. Les femmes jacassent, c'est presque joli la rue, les bancs propres, les tables mises. « Mathilde Badec remporte le lapin ! » Perchée sur une échelle, Madeleine regarde la fête. Elle attend lundi, le retour de Joseph Schimmer. Des pensées vagues la traversent, engourdie, des images sans cohérence, elle les laisse flotter par-dessus les bruits de la Saint-Benoît et les taches de couleur indécises qui bougent sous l'échelle. Elles dérivent vers son rêve de la veille, imperceptiblement, vers le visage sculpté par Bérénice. D'un coup, il y a un but à sa journée. Elle décide qu'elle veut savoir qui est ce visage, maintenant, elle ne peut pas attendre. Elle descend de l'échelle, l'échelle se renverse. Elle court vers la maison de Bérénice. Elle entre dans le champ, les épis à hauteur d'épaules, elle relève sa jupe, les tiges cèdent sous ses chaussures, griffent, cassent, écorchent ses genoux, fouettent son visage, se redressent, s'ouvrent et se referment derrière elle, murmurantes et denses. Ça brûle dans la poitrine. Elle se fraie un passage avec une main, puis l'autre, lâche la jupe. Elle s'enfonce dans l'odeur de sève, jusqu'à la route. Elle a chaud, elle court. Elle pousse la grille de Bérénice, elle cherche, elle trouve la cagoule noire dans les herbes hautes, le visage est caché dessous. Elle l'emporte, rebrousse chemin et l'écho de la fête se rapproche, « Françoise Gudian emporte le kilo de beurre ! ». Il va se passer quelque chose aujourd'hui. En nage, Madeleine court vers le père assis au bout d'une table. Elle tend vers lui la sculpture, elle dit :

— Qui c'est ? Dis-moi qui c'est.

Le père tremble. Les autres hommes rient. Un homme saisit la tête.

— Fais voir si elle est jolie, ton amie !
— C'est encore une saloperie de la Chouette...
— Donne.

Ils se passent la sculpture. Ils regardent et leurs rires s'éteignent un à un. Le père s'essuie la bouche.

— Où est-ce que tu as trouvé ça ?

Madeleine arrache la sculpture des mains qui la tiennent, elle se plante devant le frère.

— Qui c'est ?

Le frère recule. Il ferme les yeux, il les cache sous ses paumes comme l'enfant qu'on va battre.

— Regarde ! insiste gaiement Madeleine. Pourquoi tu ne regardes pas ? Pourquoi est-ce que personne ne regarde ?

Madeleine cherche la mère. Les épouses ne rient pas, c'est jour des prisonniers de guerre. La mère la voit venir. Elle pose son verre.

— Dis-moi, toi. Qui est cette femme ?

La mère pince les lèvres. Mêmes yeux suppliants et froids que pour le père malade à l'épicerie, devant les mêmes femmes. Même silence des femmes. Même honte.
— C'est moi, cette femme, il paraît ! C'est écrit là. Moi. Tu verrais ta tête, la mère...
Madeleine quitte la fête, haineuse et ravie. Elle rentre à la maison, elle pose la tête sur la cheminée, sous la photographie de première communion. Elle l'y laissera jusqu'à ce qu'elle sache. C'est ce qu'elle dit au père, au frère, à la mère qui secoue la tête en répétant : « Tu es folle, Bérénice t'a rendue folle », mais aucun n'ose jeter le buste dehors. Tout à l'heure, le père s'assoira dans le fauteuil. Le visage sculpté entrera dans sa rêverie, dès le premier soir. Et chaque jour un peu davantage. Il lèvera les yeux sur lui, craintif, et son regard, étrangement, comme la pierre deviendra gris. Le frère lui tournera le dos, les épaules affaissées tandis qu'il nettoiera ses pipes. La mère tricotera près de la fenêtre, mâchoires crispées. En apparence, rien n'aura changé. Un visage sur la cheminée, un trou dans un bas. Une maille défaite, altération infime, invisible sur l'ensemble. Sans incidence. Un jour, on tire sur la maille et tout l'ouvrage vient, en très petites boucles. Il se déroule, sans effort, une rangée après l'autre et le trou s'élargit. Lentement. Sûrement. Finalement il ne reste que ça. Le trou. Le défaut minuscule. Négligé. Ça, et rien d'autre.
Mais on n'en est pas là. Pour le moment, dans la maison de Moermel, la sculpture dérange. C'est déjà

beaucoup, cette concession à l'ennui. Le temps que le malaise s'installe, c'est lundi.

*

Quand cela a-t-il commencé ? Quand Joseph Schimmer a-t-il senti la douleur ? Une simple gêne, d'abord, une sensation désagréable. À table, il se massait parfois la main, et devant le piano, entre deux morceaux. En particulier le petit doigt, celui de la main droite. Était-ce l'articulation ? Était-ce un geste de confort, une habitude — il faut bien occuper ses mains —, un rituel sans importance ? Comment savoir, les débuts sombrent tout de suite dans l'oubli. C'est dommage. Parce que cette douleur aiguë dans le petit doigt de Joseph Schimmer, c'est le commencement du malheur. À partir d'elle tout s'enchaîne, la rage, le désir vain, ses conséquences définitives.

Madeleine a peut-être été témoin du moment où, pour la première fois, Joseph Schimmer a souffert de rhumatismes. Ou bien Joseph Schimmer est arrivé à Rennes avec son mal, il dormait dans sa main, depuis la bataille de Dunkerque, ou avant, même, depuis le pays vert-de-gris, avant que les yeux de Madeleine ne puissent le voir. Madeleine cherche parmi les images familières. Joseph Schimmer descendant l'escalier. Joseph Schimmer déjeunant. Joseph Schimmer marchant avenue Janvier, plantant la lame dans sa chambre à air, Joseph Schimmer devant le tableau du théâtre. Elle ne trouve pas d'indices, pas le chemin qui mène à ce point de la douleur, fulgurante, de

Joseph Schimmer au piano, devant elle, ce jour de mai 1941.

C'était la semaine dernière, Madeleine revoit la page du petit calendrier à feuilles rouges et blanches qu'on arrachait tous les matins et qu'elle gardait parfois, dans sa sacoche, si la date avait été marquante. 12 mai. Joseph Schimmer jouait un morceau étrange, compliqué. Elle s'était assise par terre, sous un balcon peint surplombant la mer. Une mer claire, statique, qu'elle animait du bout des doigts, donnant de petits coups au bas de la toile, et la toile frémissait sur toute la hauteur, jusqu'au ciel. La joue collée au décor, elle écoutait l'ondulation discrète par-dessous les notes. Elle seule pouvait la percevoir. Sa voile. Son vent. Sa mer.

Le son avait cassé. D'un coup. Comme un fil. Joseph Schimmer avait repris. S'était interrompu, au même endroit. Avait recommencé, encore. Chaque fois plus lentement. Les silences s'allongeaient. La toile ondulait dans les silences. Joseph Schimmer s'était mis à jouer très vite. Furieusement. Le même passage cinq fois, dix fois de suite. Madeleine avait posé la main à plat sur la toile. Elle retenait sa respiration, pour ne pas l'empêcher de jouer. Le moment d'après il décomposait le morceau note à note, levant très haut les doigts.

D'évidence, ce n'était déjà plus le début de la douleur. Un autre que Madeleine, une oreille avertie aurait pu déceler le décalage infime qui se creusait, depuis plusieurs semaines, dans la cadence, d'un mouvement à l'autre, d'une mesure à l'autre. La fatigue dans les doigts. Le 13 mai, il avait monté, descendu le clavier au métronome, deux notes entre chaque battement, remontant le ressort lorsque la tige se faisait molle, articulant exagérément, jeu de soldat, un battement par seconde, cent vingt notes par minute, sept mille deux cents par heure, quatorze mille quatre cents en deux heures, il suffisait de compter, c'était sûr d'avance. Il n'avait pas vu Madeleine sortir et rentrer à l'hôtel.

Elle se souvient que les jours suivants, il se méfiait de ses mains. Il les regardait. Les ouvrait. Examinait l'intérieur. Écartait les doigts. Les resserrait. Les fermait. Il se mettait à jouer et il butait, tout de suite, sur la même touche blanche. Le doigt glissait, chaque fois. Il frappa la touche sans discontinuer. La frappa un doigt après l'autre. Puis de l'auriculaire seulement, violemment, les yeux rivés sur le clavier. Il reprit l'ensemble. Le doigt, une nouvelle fois, glissa.

Maintenant il frappe. Les aigus. Les graves. Il recommence le morceau et toujours le doigt dérape, il frappe plus fort, le piano, ses doigts, Madeleine reste à genoux sous le piano, sous la caisse de résonance, les mains plaquées sur les oreilles. La porte est grande ouverte, des ombres s'arrêtent sur le seuil. Elles repartent, le bruit est affreux. C'est le même morceau, depuis combien de temps, le doigt fourche, il ne supporte plus ce doigt. Joseph Schimmer s'obstine, comme Madeleine quand elle lance des galets sur l'eau de l'étang, un jour de printemps, elle a douze, treize ans, elle est là depuis le matin et la nuit descend, elle lance des pierres blanches et plates, qui tombent toujours, l'une après l'autre, au fond de l'eau. Elle lance, le caillou doit toucher la surface élastique et rebondir, léger, en impacts rapprochés. Mais l'étang engloutit la pierre, se froisse en larges cercles qui meurent sur le bord. Alors elle recommence, cela dure depuis des heures et elle n'a pas mangé, elle n'a pas bu, elle ne fera rien tant que la pierre s'obstinera à couler. Trou dans l'eau bleue. Dans l'eau blanche. Dans l'eau verte. Rose. Noire. Le doigt de Joseph Schimmer dérape, le caillou coule. Elle a douze ou treize ans, sur le bord de l'étang, et soudain Frédéric saisit son poignet. Elle ne l'a pas vu approcher. Elle sent son ventre contre son dos. Le bras tendu contre son bras, qui dessine dans l'air un mouvement rond, très ample, et l'aide à jeter la pierre. La pierre ricoche dans la nuit, c'est un bruit de baiser. Maintenant quelqu'un doit se lever, s'approcher du clavier, poser un doigt sur la touche blanche, que le morceau soit joué, qu'on en finisse. Poser son doigt. Elle le pose. Là.

Aujourd'hui, Von Übsen, l'homme du Ravitaillement, ne déjeune pas. Son escorte habituelle prend place de chaque côté de sa chaise vide. Les trente-huit autres hommes mastiquent en silence. Le service de midi se fait sur la pointe des pieds. Il y a trois jours, le 24 mai, le cuirassé allemand *Bismarck* a envoyé au fond le croiseur britannique *Hood* et ses mille quatre cents hommes. Or on vient d'apprendre que le *Bismarck* a été coulé par les avions *Swordfish* de l'*Ark Royal*, et par les croiseurs *Rodney*, *King George V* et *Dorsetshire*, à sept cent quatre-vingt-dix milles de Brest, emportant près de trois mille marins.

Joseph Schimmer ne déjeune pas non plus. Il n'a pas ouvert le journal posé devant sa porte. Officiellement, il souffre de migraine. C'est un autre naufrage, inavouable encore, qui l'empêche de sortir de sa chambre : il ne peut plus jouer. Après le service, Elena demande à Madeleine de lui monter un plateau. Madeleine trouve la porte ouverte. Joseph Schimmer écrit, assis à son bureau. Elle ne voit que son dos. Elle toque de l'index. Elle pose le plateau sur le lit. Il dit sans se retourner :

— Asseyez-vous près de moi.

Elle se redresse.

— S'il vous plaît.

Elle reste debout, immobile. Elle fixe le chiffon froissé dans sa main. Elle suit les lignes bleues horizontales, verticales, comptant les carreaux rouges et verts. Tous les chiffons de l'hôtel affichent les mêmes motifs ternes et rassurants, trente centimètres sur trente, couture ourlée, lignes bleues coupant à angles droits, carreaux verts et rouges aux couleurs délavées.

Elle s'approche du bureau. Elle s'assoit face à lui, sur le bord de la chaise. La chaise craque. Elle fixe le vide sous ses pieds. Elle serre le chiffon sur ses genoux. Tant qu'elle se maintient entre les parallèles bleues, rien ne peut arriver. Elle s'y accroche ; par-delà les plis du tissu, les lignes l'empêchent de tomber. Peu à peu ses épaules s'affaissent. Une mèche de cheveux glisse sur sa joue.

— Vous avez mal, Madeleine ?

Elle lève les yeux sans comprendre.

— Votre main.
Son pouce saigne.
— Non.
— Quel âge avez-vous ?
— Seize ans.

La chambre est plein nord. Leurs yeux sont éteints. Leurs fronts nacrés. Il se penche. Il sent le cuir, le poivre. Elle serre le chiffon dans ses poings.

— Ce matin, Madeleine, j'ai traversé le village de Ganel. Autour, vous savez, il y a ces étangs, pas très grands, et noirs, où flottaient des fleurs d'amandier. À cause de ces fleurs blanches sur l'eau noire, j'ai pensé à vous.

Il parle dans sa langue, très bas. Elle ferme les yeux, se donnant l'illusion de la distance. « Ich weiß nicht was soll es bedeuten, daß ich so traurig bin ; ein Märchen aus alten Zeiten, das kommt mir nicht aus dem Sinn… » Les syllabes s'agrègent, se délitent, elle ne sait pas où commencent les mots, où ils finissent, cette langue lui est totalement étrangère. Il murmure des ruisseaux, longtemps. À cause des lois de la physique et d'autres, plus secrètes, elle s'incline vers lui. Elle lâche le chiffon. Maintenant, il parle contre sa bouche. Ce sont des baisers lents, légers. Ses lèvres à elle sont closes. Il ne les ouvre pas. Il répète son prénom, *Madeleine,* contre ses lèvres, il l'épelle, dans une langue, dans l'autre, il en sépare les syllabes, il se fraie un passage à force de douceur. Il entre dans sa bouche.

Il soulève sa jupe. Elle le laisse faire. C'est le mois de mai et il fait une lumière d'hiver. Ils sombrent tout de suite dans l'hiver, dans un gris de métal semblable à celui de la mer par temps blanc, ni tendre, ni triste, mais grave. Ils s'enfoncent dans une eau sans écume, sans tempêtes, une eau mate refusée au soleil. Condamnés au ressac des profondeurs. Il entre en elle. Elle ne gémit pas. Il plonge ses yeux dans ses pupilles dilatées, tout est là, sous les paupières qui s'ouvrent et se referment. Quelqu'un pousse la porte de la cuisine, à l'étage du dessous. Des voix d'hommes, des éclats de rire montent jusqu'à eux, un flot de lumière surgit dans le couloir. La porte claque. Silence, obscurité. Ensemble ils coulent. Le gris absorbe tout.

Il est presque dix heures quand Madeleine regagne sa chambre. Elle se déshabille devant le miroir, à la lueur d'une bougie. Elle fixe ses seins blancs, ses mamelons froissés qu'il a caressés sans les voir. Ses cuisses. Elle détache ses cheveux, s'approche du miroir. De sa bouche. Elle colle les lèvres sur le verre froid. La buée s'y étend tout de suite. Reflue. Elle fixe ses yeux grands ouverts, comme lui, trop près pour en saisir les contours. À la fois dans le miroir et hors de lui, à la fois elle et Joseph Schimmer. Elle se regarde comme il l'a regardée, ses pupilles à elle sont un champ de feuilles rousses. De feuilles mortes. Elle cherche dans le reflet ses yeux de tout à l'heure. Elle se souvient comme elle coulait. Il la tirait vers l'abîme, palier après palier. Elle cherche dans le miroir le visage de sa jouissance. Elle ne voit rien. Ce visage n'appartient qu'à Joseph Schimmer.

Elle se détache du reflet, deux pas en arrière. Il ne l'a pas vue comme ça. Nue. Entière. Elle ferme les yeux. Elle tient ses hanches, comme lui tout à l'heure.

Touche son ventre. Au piano, Joseph Schimmer dessine des paysages qu'il ne connaît pas, alors son corps à elle, il peut bien le modeler dans l'air, comme ça, du bout des doigts. Elle imagine que la forme de son corps tourne sous les yeux de Joseph Schimmer, mobile blanc et lisse. Sans les grains de beauté, les trente-neuf qui s'enroulent autour de son cou, de son dos, et celui-là, isolé sous l'aisselle, il n'en a pas idée. Lorsque Jeanne entre à son tour, elle trouve Madeleine nue devant le miroir, la bougie fondue à ses pieds.

*

La main de Joseph Schimmer. Il ferme les doigts sur les poignées de portes, sur les fourchettes, les tasses, il se rase, il serre d'autres mains, caresse les seins de Madeleine et tout le corps, il fait cela, surtout, avec sa main, toucher la peau de Madeleine, tout ça semble encore possible. Pas le piano. Parfois, Joseph Schimmer joue deux heures entières. Souvent, il s'arrête. Ou plutôt, il reprend sans avancer, toujours au même point, et ce point recule de jour en jour. Joseph Schimmer monte et descend le clavier, des exercices de débutant qu'il exécute les lèvres pincées. Certains matins se déroulent en allers-retours chromatiques et froids, des graves aux aigus, des aigus aux graves, préludes à rien, sans autre enjeu que ne pas céder au silence. Même les gammes deviennent épuisantes. Il arrive qu'en montant à sa chambre, après le petit déjeuner, Joseph Schimmer regarde Madeleine, secoue la tête. Il sourit presque. Elle comprend qu'il n'ira pas au théâtre, ou bien il ira sans elle. Parfois elle ne l'y trouve pas, peut-être parce qu'il viendra plus tard, ou qu'il en est déjà sorti. Elle attend, face au piano, elle n'ose pas y poser les doigts. À force de regarder ces touches il lui prend des envies furieuses, desceller l'ivoire, couper les cordes une à une, elles claqueraient, d'un coup rompues, contre le vernis noir. C'est quelquefois Elena qui l'arrête, à l'instant où elle sort de l'hôtel. « Pas ce matin », elle dit. Alors Madeleine rejoint Jeanne qui nettoie une chambre, s'assoit sur le bord d'un lit, attend que Jeanne vienne près d'elle. Comme la vie est longue. Jeanne sent le savon, le détergent, un peu la sueur, c'est une odeur douce. Madeleine dit qu'elle est fatiguée.

Les dimanches, à Moermel, Jeanne prépare son mariage. Elle coud, patiemment, sa robe en dentelles de baptême, en jabots, en coiffes défaites assemblées bout à bout, sa robe de mariée magnifique. Madeleine la peigne, un geste tendre qui suit le mouvement gracieux de l'aiguille dans et hors le tissu. Elle lisse les cheveux noirs sur toute la longueur, regardant Jeanne donner forme à ce blanc, émue, distante. Observant son amie avec un serrement de cœur, comme quelqu'un qui s'apprête à partir ; qui part, déjà.

La main droite de Joseph Schimmer. Il remue les doigts, paume ouverte, les tendons s'agitent sous la peau. D'un coup, son poing s'abat sur le piano, ses coudes, l'un après l'autre, et puis son front, la pédale enfoncée agrège les notes frappées au hasard, prolonge le son indéfiniment. Madeleine le voit, qui roule

sa tête sur le clavier, les yeux fermés, la bouche ouverte et le cri ne sort pas, ne peut pas sortir. Les doigts de sa main. Les articulations. Il souffre, elle n'y peut rien.
— Viens.
Elle est déjà là, debout à côté de lui, à ce point du désespoir.
— Viens, demande-t-il encore.
Il ne tourne pas la tête. Elle s'approche plus près. Elle sait ce qu'il va faire. Il froisse le tissu de sa jupe. Il passe la main entre ses cuisses. Lentement, il la fait jouir. Comme ils font l'amour, porte ouverte, en silence. De l'étage inférieur montent les vocalises des sopranos d'opérette, trilles, arpèges, mélismes d'apparat, dont à cette hauteur on ne perçoit que les ondulations vertigineuses et pas une phrase, pas un mot. Après, il se blottit contre son ventre, à lui faire mal. Elle le berce, le temps qu'il faut.

Fin mai, Joseph Schimmer avale déjà des petites sphères blanches. Quelques jours par semaine. Puis tous les jours. Plusieurs fois par jour. Des sphères, des ovales, des carrés minuscules et blancs comme neige qui fondent dans le corps. Le festival Mozart approche. Le matin, il ne met plus au piano que sa main valide : Ravel, *Concerto en ré pour la main gauche* ; Scriabine, *Prélude et Nocturne pour la main gauche*. Programme de mutilé de guerre. L'après-midi est à Mozart, deux mains à la fois. Tout ce blanc qu'il avale, à l'heure du déjeuner, se préparant à jouer Mozart, et il se tient l'estomac, penché sur son bureau, dans sa chambre, avant de partir pour le théâtre.

C'est presque l'été. Les arbres allongent une ombre palpitante. Elena porte des chapeaux de paille tressée que la lumière traverse comme un feuillage. La fumée de ses cigarettes tisse des nuées grises sur son visage, dans l'encadrement de la fenêtre. Elle et Madeleine écoutent la TSF, des pépiements d'oiseaux emplissent la pièce. Joseph Schimmer sillonne les routes de France, des pilules blanches plein le corps. Peu à peu c'est l'hiver dans sa main. Il gèle de l'intérieur.

*

À Moermel, la sculpture de Bérénice est restée sur la cheminée. Dans la maison, à l'exception de Madeleine, personne ne veut regarder ce visage.

Un samedi, Madeleine arrive de Rennes un peu plus tôt que d'habitude. Elle assiste à cette scène : sa mère se déplace dans le salon, de chaises en fauteuils, en tabourets, tournant chaque fois la tête vers le buste placé sur la cheminée. Aucune place ne convient. Alors la mère oriente la sculpture de profil, vers la fenêtre, vers le ciel blanc, vers personne. Elle paraît soulagée. Mais elle revient sur ses pas et la tourne face au mur. Elle lui met la cagoule. Elle la cache sous la table, arrangeant à sa place un vase de fausses fleurs. Puis, regardant l'heure, elle enlève le vase, la cagoule, replace la sculpture telle qu'elle était avant le départ de Madeleine et sort de la pièce en claquant la porte.

À table, le soir, le frère dit :

— Cette sculpture c'est n'importe quoi.

Tout le monde cesse de manger. C'est la première fois qu'il donne un avis sur un sujet sans lien avec les vaches.

— Je veux plus la voir, cette tête, coupée ras du cou, comme une guillotinée, on peut pas garder ça ici bon Dieu de merde ! Si ça continue, je te la fiche contre le mur jusqu'à ce qu'elle explose.

La mère s'essuie la bouche.

— Tu vois bien, Madeleine, tu nous fatigues. On dirait que la Chouette vit chez nous, sûr qu'elle nous espionne par les yeux de Violetta, je peux plus...

— Les yeux de qui ?

La mère tousse. Le père secoue la tête, sa cuiller de soupe se vide en filet mince dans l'assiette.

— Les yeux de qui ? répète Madeleine.

La mère plie sa serviette, se lève, pose sa cuiller, se rassied.

— C'est pas ça que tu as dit, Madeleine, l'autre jour ? Que c'est le portrait d'une Maria ou Violetta, ou quelque chose comme ça...

Madeleine lâche ses couverts. Elle quitte la table. Elle dit qu'elle ne reviendra pas avant de savoir qui est Violetta. Elle se met en route tout de suite, son linge encore humide sur le bras. Personne ne l'arrête. Elle s'en étonne, regarde une fois par-dessus son épaule mais non. La route est déserte. Elle rentre à Rennes à pied, dix kilomètres dans le soir qui tombe, une heure et demie de marche sans autre pensée que celle de fuir, et d'arriver.

À l'hôtel, c'est Elena qui ouvre la porte.

— Qu'est-ce que tu fais ici ?
— Je serai mieux que chez moi.
Elena la laisse entrer. Elle ne demande rien.

*

2 juin 1941. Joseph Schimmer revient d'un voyage d'une semaine. Madeleine le retrouve au théâtre. Il cesse de jouer quand elle entre. Il la regarde qui s'avance, elle le regarde aussi. Ils ne se sourient pas. Ils s'attendent. Ils se guettent. C'est à celui qui le premier cherchera la main de l'autre. Ne pourra plus se satisfaire du regard. Cela dure au point que Madeleine a le temps d'observer, dans les yeux de Joseph Schimmer, son reflet déformé aux sphères de ses pupilles. Elle cherche, sous l'iris, un port, un lieu où disparaître, et son visage en miniature reste flottant à la surface de l'œil. Ce 2 juin, les yeux de Joseph brillent d'une lumière étrange. Noire. Joseph Schimmer regarde Madeleine venir vers lui, il n'a pas de désir, ce matin, et peut-être, les yeux pleins d'une détresse nouvelle, attend-il un geste tendre ; une caresse, un baiser au front. Il est très vieux, il est perdu comme un enfant. Elle s'assoit près de lui, sur le tabouret. Elle pose la tête sur son épaule. Elle fait courir ses doigts sur les touches, délicatement, sans produire aucun son. Il passe sa main sous sa main à elle, mêle ses doigts aux siens, il joue des notes au hasard. Il guide Madeleine, c'est un effleurement très léger. Sa main ne semble pas le faire souffrir. Il pose la seconde sur le clavier, plus bas dans les graves. Il en tire un chant funèbre.

Joseph Schimmer a parcouru *L'Ouest-Éclair*, avant de venir. Madeleine n'a pas pu lire les titres, Joseph Schimmer s'était levé tôt, le journal n'était plus sur le seuil quand elle est passée devant sa porte. Si Madeleine l'avait ouvert, ce matin, elle aurait pris acte, comme chaque jour, de l'avancement d'une guerre à laquelle elle ne comprend pas grand-chose, et peut-être se serait-elle arrêtée sur ce texte proclamant le deuxième statut des Juifs. Peut-être pas. D'ailleurs, Joseph Schimmer s'y est-il lui-même arrêté ? Il y a ces ténèbres dans son regard, ce n'est plus la colère que nourrissait la douleur dans sa main, c'est autre chose, une déroute intérieure. Joseph Schimmer joue *La Notte*, de Liszt. Dehors il fait un soleil d'été, il vole des nuées de pollen et de poussière, de quoi s'étourdir sous les noisetiers.

— Liszt avait inscrit une épigraphe sur la partition de *La Notte*. Il la tenait de Michel-Ange, qui l'avait placée dans la bouche d'une statue de tombeau : *Je suis reconnaissant au sommeil et plus encore d'être de pierre, tant que règnent l'injustice et l'opprobre.*

Il n'est pas sûr que Madeleine comprenne ni le mot épigraphe, ni le mot opprobre. Les mots comptent peu entre eux, de toute façon. Elle a entendu sa voix, elle entend le piano qui est sa voix aussi, leur son fragile, désespéré. Elle dit :

— Je voudrais marcher dehors, avec vous.

— Marcher ensemble ? Ce n'est pas possible, Madeleine.

— Je prendrai le trottoir de droite, et vous celui de gauche, ce sera la même lumière, au même moment, pour vous et pour moi, les mêmes bruits.

Madeleine bat des mains, c'est une très petite fille lorsque la joie la prend. Il passe un doigt sur sa joue. Elle se lève.

— Rejoignez-moi en bas.

Il y a un beau jour dans l'existence de Madeleine, comme dans les films et les romans d'amour. Un beau jour. Une belle heure, c'est maintenant. Elle est à l'extérieur, sur le trottoir d'en face, les bras nus. Joseph Schimmer sort, il attend qu'elle fasse le premier pas. Elle le fait. Le chauffeur appuyé à la voiture lustrée, la cigarette aux lèvres, comprend que Joseph Schimmer va rentrer à pied.

Madeleine avance. Joseph Schimmer aussi. Le soleil les frappe en face, ils traînent de longues ombres derrière eux. Ils plissent les yeux pour se voir. Des voitures les dissimulent par instants l'un à l'autre, des grappes de bicyclettes, des passants. Ils se retrouvent un peu plus loin, de part et d'autre de la rue, ils se sourient, se laissant bousculer par ceux qui marchent en sens inverse, ils ne les voient pas venir, rien ne les distrait d'eux-mêmes. Arrivés aux quais, elle traverse le pont. Il la regarde qui s'éloigne, qui se perd dans la foule des piétons. Il la guette de l'autre côté de la Vilaine, elle le sait, derrière les rambardes. Voilà. Elle se détache du flot des passants. Ils vont se suivre, une main appuyée à la rambarde, le canal entre eux, ses eaux vertes et dorées. Émerveillés de se voir évoluer dans la ville, de pouvoir exposer leur corps à l'autre en pleine lumière. Elle se cache derrière un arbre ; un cheval ; un groupe de femmes ; elle le fait patienter, il jette parfois un œil inquiet sur l'autre rive, elle se demande si c'est pour lui faire plaisir ou si vraiment son cœur bat plus fort à cet instant. Puis elle se montre à nouveau, elle s'appuie à la barrière, très droite, et Joseph Schimmer fait de même sur la rive d'en face. Il articule quelque chose dans la distance, elle ignore quoi. Le vent gonfle sa jupe.

Au pont suivant, ils viennent l'un vers l'autre, guidés par le flux d'hommes et de femmes qui rentrent déjeuner chez eux. Ils se croisent, leurs doigts s'effleurent. Ils se tournent le dos jusqu'au bout du pont. Puis ils reviennent sur leurs pas, se croisent à nouveau, se touchent. Ils frissonnent les deux fois, ils rient tout seuls du tour qu'ils jouent au monde. Ils rentrent à l'Hôtel des Ducs, traversant l'ombre, le soleil, traçant d'invisibles parallèles à travers la ville. Elle tourne sur elle-même, une danse enfantine juste pour lui, les gens la croient peut-être folle et qu'est-ce que ça peut faire, puisque de l'autre côté de la rue Joseph Schimmer sourit.

À l'hôtel, Madeleine monte à sa chambre. Il reste en bas. Là, elle s'appuie contre la fenêtre. Elle pleure en silence. La joie en elle est effrayante.

Le lendemain matin, Elena tend un billet de train à Madeleine.

— C'est un Rennes-Saint-Malo, aller-retour.

Un laissez-passer pour la zone interdite.

— Tu es attendue chez la pianiste Marie-Hélène Cholet. Elle a besoin d'une tourneuse de pages. Tu pars trois jours.

Une lettre manuscrite.

— Tu la donneras à madame Cholet. C'est de la part de Joseph Schimmer.

Madeleine regarde les papiers dans sa main.

— Pourquoi moi ? Pourquoi maintenant ?

— Je ne sais pas, Madeleine. Tu ne sais pas lire la musique...

— Où est Joseph Schimmer ?

— Parti en tournée.

— Qu'est-ce que je dois faire ? Qui est madame Cholet ? Il ne vous a rien dit ?

— Non. Je n'ai pas demandé. Ça ne me regarde pas.

— Je ne peux pas voyager seule, j'ai seize ans.

— Ce laissez-passer t'en donne le droit. Ne cherche pas de prétexte. Tu as envie ou tu as peur ?

— Mais je n'en sais rien !

— Alors reste.

— Et Joseph Schimmer, quand est-ce qu'il revient ?

— Aucune idée.

C'est la première fois qu'Elena l'ignore. Alors Madeleine quitte Rennes l'après-midi même.

Elle n'a jamais pris le train. Cela ne ressemble pas aux départs inventés, aux errances dans la gare, les jours d'absence de Joseph Schimmer. Quand on a un train à prendre, avec un horaire, une destination, on ne s'attarde pas dans la salle des pas perdus. On n'y cherche personne. Aujourd'hui il n'y a rien à guetter, à espérer d'autre que le train prévu pour 14 h 28. Elle aperçoit le train à quai dès son entrée, elle se dirige vers les wagons immobiles. Elle monte dans la troisième voiture. Elle ne voit rien des allées et venues des voyageurs. Elle n'est pas vraiment dans une gare.

Madeleine serre contre elle le sac léger qu'elle a préparé tant de fois pour ses voyages imaginaires. Des gens montent et s'installent près d'elle. Une grosse femme à moustache, qui se met aussitôt à tricoter ; des tics atroces plissent ses lèvres au rythme des mouvements d'aiguilles, elle tricote avec la bouche. Une jeune femme et deux petites filles qui se chamaillent pour une poupée ; elles portent des rubans dans les cheveux, comme les demoiselles de la maison Esther que Madeleine a servies pendant un an ; cette existence lui paraît belle, dans la distance, les rubans dans les nattes des filles, la musique qui se déversait dans le jardin, la vaisselle en porcelaine, quelle douceur, à la maison Esther. Des vert-de-gris montent aussi. Ils demandent ses papiers à Madeleine. Elle tend le billet. La carte d'identité. Le laissez-passer.

— Spielt das Fräulein Musik ?

L'homme remue les doigts de la main droite. Madeleine hoche la tête. Elle reprend ses papiers. Elle a cette crainte étrange que le train pourrait ne pas partir. Et cette autre, que le train s'en aille, sans vraiment comprendre où elle va. Elle s'imagine que le retour de Joseph Schimmer dépend de ce voyage.

Le train démarre. Tout de suite, une pluie très fine se couche sur la vitre, oblique, rayant le paysage. Madeleine déplie le laissez-passer. Ouvre la lettre adressée à Marie-Hélène Cholet. Elle déchiffre sans comprendre : « Liebe Marie-Hélène, Entschuldige mein Schweigen... », et renonce. Il n'y a rien à voir au-dehors que des champs tachés de pluie, des fermes, images connues, pesantes. Madeleine ferme les yeux. Le roulis du train finit par l'endormir. Elle se réveille de temps à autre, un poids contre la cuisse. Elle s'aperçoit dans sa torpeur que la tête d'une des petites filles est appuyée là, tiède. Elle se rendort, jusqu'à Saint-Malo. Pendant très longtemps, dans son souvenir, ce premier train ne sera lié ni à Joseph Schimmer, ni à Saint-Malo, ni au mystère qui entoure le voyage, ni à la peur. Il évoquera cette sensation tendre de l'enfant assoupie contre elle, si blonde, si confiante.

À un moment la petite fille se lève. Son retrait, la fraîcheur soudaine sur la cuisse de Madeleine lui font ouvrir les yeux. La petite fille agite la main et descend du wagon.

Gare de Saint-Malo. À la sortie, Madeleine demande son chemin à un policier. Elle marche, hésitante, dans la direction indiquée. Il fait un temps superbe. Elle entrouvre son chemisier, l'air s'engouffre à l'intérieur. Première à gauche. Troisième à droite. Madeleine regarde le ciel. C'est bientôt le soir. Des mouettes crient et tournoient, elles se laissent porter par les courants de l'air, flottent au-dessus de la rue, presque immobiles, puis dérivent au-delà du regard. Madeleine se perd. Elle demande encore, elle bifurque vers le bleu, tout au fond, c'est peut-être la mer ? Non, c'est encore le ciel, souligné au loin d'une barrière plus foncée de nuages. Elle marche, les rues sont plus étroites qu'à Rennes, la pierre plus sombre. L'air laisse un goût de sel sur sa langue. Voilà, elle y est. 4, rue de la Corderie.

Un petit heurtoir est fixé à la porte. Madeleine frappe. Un pas traînant.
— Qui est là ?
La voix est jeune.
— Madeleine Lanel.
— Qui ?
— Madeleine Lanel.
Un silence.
— Non, je ne vois pas.
— Je viens de la part de Joseph Schimmer. Pour les répétitions de piano.
Les pas s'approchent. Très lentement. La porte grince et s'ouvre. Une femme aux cheveux blancs ramassés en chignon apparaît dans l'embrasure.
— Joseph Schimmer... ?
La femme dévisage Madeleine, incrédule.
— Mon Dieu... entrez, entrez.
Madeleine suit Marie-Hélène Cholet à l'intérieur. La pièce est petite, très sombre. Elle sent la soupe et le salpêtre. Une multitude de meubles miniatures s'y entasse, guéridons, tables basses, étagères superposées, vitrines, bibelots, lampes à abat-jour n'éclairant rien, tapis étriqués, vases de fleurs sèches, on manque d'air. La plus grande place est occupée par un piano droit. Marie-Hélène Cholet s'assoit sur une chaise ; désigne l'autre à Madeleine.
— Où est Joseph ?
— À Rennes.
— Qu'est-ce qu'il fait à Rennes ?
— Du piano.
La femme écarquille les yeux.

— Du piano ? En uniforme ?
— Oui.
La femme secoue la tête.
— Connaissez-vous une image plus triste, ma petite... La musique jouée par un militaire, en pleine guerre...
La femme regarde ses mains. Madeleine regarde les mains de la femme. Noueuses. Gonflées aux articulations. Les doigts obliquent tantôt vers la gauche, tantôt vers la droite. Un jour, les mains de Joseph Schimmer ressembleront à ces mains-là.
— Quand voulez-vous commencer les répétitions ?
— Les répétitions ?
Madeleine tend le laissez-passer, qui indique le motif de son voyage. Puis elle donne la lettre manuscrite. Marie-Hélène Cholet la déplie, la lit en silence devant Madeleine. Elle cligne des yeux. Elle hoche la tête.
— Venez. Je voudrais vous montrer une photographie.
Madeleine se lève, s'approche d'un cadre posé sur l'étagère qui jouxte le piano.
— Regardez. 1928, devant l'Opéra Garnier, à Paris. Vous connaissez Paris ?
Madeleine dit que non. Sur le cliché, Joseph Schimmer sourit à pleines dents. Ses cheveux sont peignés en arrière. Il est vêtu d'un costume noir et d'une lavallière blanche, un peu comme Liszt sur son recueil de partitions. La femme à son bras porte un manteau de fourrure et de longs pendentifs aux oreilles, légèrement flous, car en mouvement au moment de la prise

de vue. Elle sourit aussi. Madeleine lit à haute voix :
Mylène et Joseph, avant le concert.
— On m'appelle Mylène. Mylène Châtelle. J'ai voulu prendre un nom de scène, beaucoup de pianistes font ça. Personne ne se souvient de mon nom de baptême, à part Joseph.
Madeleine se penche sur le cadre, très près.
— Mademoiselle Lanel, vous êtes... vous connaissez bien Joseph Schimmer ?
Madeleine fixe Marie-Hélène Cholet.
— Je suis sa femme de chambre.
— Vous savez lire la musique ?
— Non.
— Je ne l'ai pas vu depuis treize ans. J'étais son professeur au conservatoire.
La femme regarde ailleurs. Sur le mur couvert de tableaux, de canevas brodés d'ancres, de bateaux à voile, de poissons de toutes formes, elle projette des images mortes. Ses yeux sont d'un vert usé, très pâle. Sa bouche tremble. Les rides aux commissures de ses lèvres se mouillent de salive.
— Vous savez... allez prendre l'air. Demandez le Sillon, la promenade des remparts. Partez tout de suite, il va faire nuit.
Le Sillon. Madeleine débouche là au terme d'une rue longue et mince. Au pied des remparts, le sable beige s'étire très loin, jonché de tripodes métalliques et de chevaux de frise hérissés de fil barbelé. C'est cela, que Madeleine voit en premier. La longue cicatrice noire face à la mer. Ce n'est pas une eau pour nager. Pour s'exposer au soleil. Pour rêver. Pour

partir. C'est une eau à charrier des corps, à les démembrer, elle est bleue aujourd'hui, Jeanne a raison, d'un bleu qui n'existe que sur le vitrail de Moermel, dense, lumineux, apaisant. Mais ces dragueurs énormes qui croisent au loin, cette grève parée pour le supplice, morsure sur le tableau tranquille, c'est déjà les cheveux des enfants qui se prennent aux barbelés, des ballons qui crèvent, des chiens se déchirent la gueule, c'est sûr, les oiseaux s'arrachent les ailes, tant de métal décide que la mer est rouge, dès maintenant. Ce n'est plus la mer, c'est un charnier. Madeleine marche. La marée monte. Jamais assez, probablement, pour engloutir tant de laideur. Au loin, un îlot surmonté d'un fort, qu'on pourrait atteindre à pied. Des flaques argentées pavent le chemin depuis le bas des remparts, mirages de dalles bleues sous le ciel sans nuages. Il y aura quoi, ici, demain ? Dans deux ans ? Dans dix ans ? L'eau sera devenue rouille à cause de tout ce fer, et des obus tirés depuis les bastions, et des mitrailleuses fichées dans les blockhaus. Les gens de Rennes qui venaient ici, à la plage, pendant les congés payés, disaient qu'ils ramassaient des coquillages, des moules, des palourdes, des crevettes à marée basse, ils racontaient avec bonheur, ils ne savaient pas comme ils avaient tort. Bientôt, la mer léchera les pieds des petits enfants et leur brûlera les orteils, une mer comme un champ d'orties, on y pêchera des peaux d'hommes, des montres arrêtées, des rêves déchiquetés, il faudra fuir, un tel spectacle aurait épouvanté Satie, la seule musique possible devant une mer pareille aurait été un cri, ou le silence.

Maintenant le soleil descend et la mer grossit, sanguine et noire. Madeleine revient rue de la Corderie. Marie-Hélène Cholet a préparé un lit pour elle dans le salon.
— Vous vous êtes promenée ?
— Oui.
— N'est-ce pas que c'est étrange ?
— Oui.
— Il faut me donner vos tickets, Madeleine. Vous en avez ?
— Bien sûr. Voilà.
Elles dînent sans parler.
— Pour le piano... nous verrons demain ?
Madeleine acquiesce.
— Oui, demain.

Madeleine se lève avec le jour. Elle s'habille. Elle attend la femme. La femme est là, dans le salon, peu après elle. Elles mangent un peu de pain, boivent un mauvais café. Marie-Hélène Cholet sait que Madeleine n'est pas musicienne. Madeleine sait que le piano restera fermé.
— Je vais vous lire la lettre de Joseph.
La femme déplie le papier resté dans la poche de sa robe de chambre.
— *Liebe Marie-Hélène, Entschuldige mein Schweigen.* Excuse mon silence. *Ich konnte dich nicht besuchen. Ich weiß, daß du es verstehst.* Je ne pouvais pas te rendre visite, je sais que tu comprends. *Nimm dieses Mädchen bitte auf. Sie selbst hat nichts verlangt. Sie weiß nicht, warum sie bei dir ist.* Accueille cette jeune fille, elle n'a

rien demandé, elle ne sait pas ce qu'elle fait chez toi. *Ich habe sie dir geschickt. Ich möchte nur, daß sie das Meer sieht.* C'est moi qui te l'envoie. Je voudrais seulement qu'elle voie la mer.

Madeleine passe une main sur son front.

— J'ai vu la mer...

— Voulez-vous que je vous montre d'autres photographies ?

Marie-Hélène Cholet ouvre un à un les tiroirs d'une petite commode. Elle en sort des boîtes blanches. Dans les boîtes, des photographies enveloppées de papier de soie : Joseph Schimmer parmi des hommes et des femmes élégantes, bouches fardées, nuques scintillantes devant une façade bourgeoise, un rideau de théâtre, ou assistant à ce qui pourrait être une réception, levant des coupes pleines. Joseph Schimmer debout dans la courbe d'un escalier, ou bien posant, légèrement de profil, le coude appuyé à une table, ou encore agitant la main, contre la balustrade, sur le pont d'un bateau. Marie-Hélène Cholet entasse les photographies, précisant les dates, les lieux, salle Gaveau, salle Pleyel, Radiodiffusion Nationale, conservatoire, ambassade d'Allemagne. Les sourires figés de Joseph Schimmer se superposent, tous identiques, jovials, glacés. Semblables aux visages immuables imprimés sur carton épais, que les enfants habillent à leur gré à l'aide de petites cartes dessinées pour le buste, pour les jambes, pour les pieds.

Marie-Hélène écarte deux clichés. Madeleine retient sa main.

Sur la première photographie, Joseph Schimmer tourne le dos à l'objectif. Il est assis, penché sur le piano, les mains entre les cuisses. Sa tête touche presque le clavier. Sur la deuxième, cheveux en bataille, col et poignets de chemise ouverts, il tient un verre contre sa jambe, négligemment, du bout des doigts, comme s'il allait le lâcher. Il ne sourit pas. L'autre bras pend le long du corps. On pourrait penser que c'est le verre qui le tient, que c'est l'homme qui va tomber si le verre cède. Son regard est flou, comme celui de Liszt sur les partitions, celui de la jeune femme du tableau dans le bureau d'Elena, celui d'Elena elle-même lorsqu'elle fume face à la fenêtre, celui de Bérénice assise sur sa pierre, devant les sillons, celui de Marie-Hélène Cholet égarée dans son passé, celui de Madeleine, à chaque instant tentée de basculer de l'autre côté du réel.

— Cette photographie lui ressemble.

— Gardez-la. Il doit avoir votre âge. Moi, à l'époque, j'ai plus de cinquante ans. Il m'aime comme une mère.

Une mère incestueuse, il suffit de se pencher sur les photographies, sur les regards de Mylène Châtelle à Joseph Schimmer. Elle a peut-être joui sous lui, ou seulement à sa pensée. Madeleine l'espère et même, elle le décide. L'amour de Marie-Hélène Cholet est antérieur à la guerre, quand le Bien et le Mal n'existaient pas. Cet amour donne à Madeleine le droit d'aimer Joseph Schimmer. De l'aimer sans terreur.

Elles vont se promener sur le Sillon, il n'y a rien d'autre à faire avant demain. Le vent souffle fort, c'est marée haute, la mer moutonne, en état de siège comme la veille, bleu tranchant. Madeleine a passé son bras sous celui de la femme. Les rafales les dissuadent de se parler, et le fracas des vagues sur les rochers. Elles s'appuient au parapet, elles regardent, pas un bateau ne croise au large. D'ici, la mer ressemble à l'idée que Madeleine s'en faisait, immense, mouvante, impossible à situer, ce n'est ni la guerre, ni avant, ni après, le monde connu s'efface.

Madeleine retourne à Rennes, la photographie de Joseph Schimmer cachée sous sa chemise. Elle est bien. C'est samedi, elle décide de marcher jusqu'à Moermel. Elle dormira à l'Hôtel des Ducs si, encore une fois, on lui refuse une explication au sujet de Violetta, le buste sculpté par Bérénice. Elle porte son sac en bandoulière, sûre d'elle, caressant les herbes hautes au passage. Elle regarde dans les champs les silhouettes frêles penchées sur les feuilles de pommes de terre. Ce sont les enfants des écoles qui, faute d'insecticide, récoltent à la main les doryphores, plusieurs fois par semaine, à raison de cinquante centimes les cent grammes.

Madeleine ne se doute encore d'aucun des drames qui vont suivre. Par exemple, elle ne peut deviner que le jour de son départ pour Saint-Malo, se sachant désormais incapable de jouer en public à cause de ses douleurs, Joseph Schimmer a pris un train pour Paris, puis un autre, et un troisième, vers le front russe, où se prépare l'opération Barbarossa. Cela, Elena en fera le récit à Madeleine dimanche soir. Mais Elena ignore que demain, dans les toilettes d'une petite gare allemande, Joseph Schimmer se tirera une balle dans la main pour ne plus avoir à tenir un fusil. Il sera condamné à mort.

C'est magnifique, un doryphore. Les enfants aiment toucher son thorax brun-roux tacheté de noir, son dos bombé, ils comptent, dix rayures jaunes, dix rayures noires sur les élytres, jamais une de plus ni de moins, avant de le jeter dans un bocal rempli d'eau où, lentement, il se noie.

Madeleine ne sait pas non plus que dans moins d'une heure elle trouvera son père au salon, assis dans son fauteuil, hébété, la tête de Violetta entre les mains, fendue en deux par la colère du frère. Il apprendra à Madeleine que Violetta, saisonnière de passage dans une ferme voisine, il y a seize ans, est sa mère.

— Ça lui ressemble tellement, cette tête, ton frère ne supporte pas.

Cette révélation n'effraiera pas Madeleine. Elle s'est attendue à tout. À pire. Elle sourira à l'idée de son père dans les bras d'une amante, cette pensée lui sera tout de suite rassurante, qu'elle ait pu être conçue les yeux dans les yeux par un homme bon et une femme jolie, aimée peut-être, et dont elle imaginera qu'elle peuple les rêveries du père lorsque ses yeux se voilent, et qu'il caresse du pouce le velours élimé de l'accoudoir. Ce sera avant d'apprendre que ceux qu'elle appelle ses parents sont sa grand-mère et son grand-père. Que l'homme qui a couché avec Violetta est celui qu'elle croit être son frère, inconséquent, peut-être idiot, couvé par une mère qui ne l'aurait cédé à personne, et qui a grassement payé Violetta pour qu'elle déguerpisse vers le sud sitôt le bébé mis au monde.

    Madeleine marche, elle regarde les enfants courbés sur les feuilles, ils décrochent les insectes longs d'un à deux centimètres, ils ne peuvent concevoir les destructions dont ils sont capables. Madeleine n'a pas davantage idée du ravage qui se prépare en elle. Elle a seize ans, comme sa grand-mère et comme sa mère lorsqu'elles tombèrent enceintes, et elle porte l'enfant de Joseph Schimmer. Elle cueille des coquelicots, ils ont tout juste éclos. Les pétales palpitent au moindre souffle d'air. Elle pique une fleur dans ses cheveux. Une comptine lui revient, elle n'est plus sûre de la mélodie. *J'ai descendu dans mon jardin, Pour y cueillir du romarin, Gentils coquelicots mesdames, gentils coquelicots nouveaux...* Une légère nausée la traverse.

Miserere

Les lames claquent contre ma nuque, mes tympans, mes tempes, coupent ma peau par inadvertance, me pincent, je saigne, rabotent ma tête, ma mère taillait mes hanches, mes seins, mes fesses, me fabriquait un corps cylindre empaqueté sous robe moche. L'homme qui me scalpe maintenant achève de me transformer en moignon.

Juillet me brûle. Je deviens tronc. Souche. Fossile d'étincelle éteinte. J'entends les cloches, il est midi, le zénith aiguisé blesse mes yeux, j'ai des couteaux dans la tête qui font un bruit d'enfer, tenus par toutes les mains qui me regardent. Ils sont des centaines, face à l'estrade, à jouir du spectacle, du moins je le crois. Car je ne vois rien, sous le filtre rose de sang mêlé de sueur qui couvre mes pupilles, qu'une mer de visages fermés, attentifs à la progression de ma laideur. Ils mordent dans mes tresses, les recrachent, elles jonchent le sol en fils serrés, défaits, balayés par les courants d'air, disséminés en poussière brune.

Maintenant, l'homme passe sur mon crâne une tondeuse à laine. Il soutient d'une main ma nuque, qui s'affaisse constamment sous la pression de son bras. Je ne me dérobe pas. Je retiens une mèche de cheveux tombée contre ma cuisse. Quand il a fini, je porte une main tremblante à mon crâne, sans lever les yeux. Du bout des doigts je tâte le poil ras. Ma peau dénudée comme une vulve. Je n'ose pas poser la paume. Ce contact me dégoûte. Et plus encore, l'idée qu'ils regardent tous, sans ciller, mon visage obscène.

— Un petit sourire, jeune fille ?

Quelqu'un prend une photo. Je vais être une carte-souvenir de la Libération, la vraie, celle qui a mis l'Allemagne à genoux, en devanture des marchands de journaux. On me verra assise sur ma chaise, en plein soleil, serrant dans ma main droite une mèche de cheveux, la dernière, que je lâcherai juste après le bruit du déclencheur. On me collectionnera dans des boîtes à chaussures pour montrer aux petits enfants, mes dix-neuf ans vont jaunir dans l'ombre, avec le mauvais papier. Je veux juste tenir ma tête entre mes mains, je la dissimule dans mes bras repliés, sous ma chemise, si je pouvais je m'enfuirais, je me tuerais quelque part, je tire tellement sur le tissu pour disparaître qu'on voit mon ventre, mes reins, qu'est-ce que ça peut faire, pas cette tonsure, pas cette chair rose qui suinte dans l'été.

L'homme debout derrière moi abaisse de force ma chemise. Il m'attache les mains dans le dos, calmement. Je ferme les yeux, il ne reste que ça.

— Putain du Boche ! hurle quelqu'un dans la foule.

Je ne suis rien.

— Sale truie ! Elle était belle, la vie, hein ?
L'homme qui m'a découpée ne commente pas, il a fait son devoir. Il porte un brassard FFI, comme tous les autres coiffeurs sur l'estrade, je ne les vois plus mais ils sont là, j'entends les coups secs des ciseaux sur les crânes. D'autres femmes sont assises comme moi, chemise déchirée, il y en a une dont les mamelons sont découverts.
— Collabos !
— Salopes !
Je suis la France couchée, ils disaient, tout à l'heure, quand ils sont venus me chercher chez Jeanne. Trois hommes que je n'avais jamais vus, et le fils du gardien du théâtre de Rennes, je l'ai reconnu tout de suite, celui qui passait la langue sur ses lèvres quand je montais les escaliers certains jours, qui m'attendait à la sortie de l'hôtel après le départ de Joseph Schimmer. Je l'avais giflé, en pleine rue. La France couchée, ils ont dit, ma fille s'accrochait à ma jupe, je ne savais pas comment m'en défaire, je reviens, je disais, je reviens Anna, et elle pleurait, j'arrivais à peine, je repartais déjà, je lui ai envoyé un baiser du bout des doigts, ses hurlements m'ont escortée jusqu'à Rennes, les hommes ne parlaient pas dans la voiture, je savais ce qu'ils allaient faire.
Ils ont vraiment gagné la guerre, maintenant. L'ennemi, c'était moi et les quatre autres femmes sur l'estrade, nous avons assassiné des millions d'hommes, ils disent, des Français, des Juifs, des soldats anglais, américains, des communistes, nous portons des panneaux accrochés à nos cous : « J'ai fait fusiller mon mari »,

« Corps et âme à mon fritz », « Deutschland über alles », « Mise en plis à la mode nazie ». Je ne peux pas lire le mien.

— Toute ma vie j'ai travaillé comme une bête ! Vingt-huit ans de carrière dans la gendarmerie et toi, la blonde, t'empochais 2 500 francs par mois dans ton bordel à soldats ?

— Eh, la grosse, c'était Byzance, hein, l'Allemagne ? Pourquoi t'es rentrée ? T'étais pas bien chez toi ?

— Toi, la gamine, on devrait te faire vomir la nourriture que tu as volée aux Français.

— Et t'obliger à rendre l'argent, tout ce que t'as eu sur notre dos !

Je cligne des yeux, affalée sur ma chaise, j'ai le goût du sang dans la bouche. L'argent ? La nourriture ? Est-ce que je dois rendre Liszt ? Satie ? Mozart ? L'effroyable solitude des trois dernières années ? Est-ce que je dois rendre Anna ?

— Lève-toi, dit l'homme debout dans mon dos.

Il me pousse doucement au-devant de la foule. Je ne veux pas descendre. Alors les gens crachent. Je vois des veuves de guerre, des parents perdus, des enfants orphelins, leur bave dégouline sur ma joue, avec la transpiration, le sang, pas les larmes, jamais de larmes. Je les laisse faire. Ils finissent par se taire. Ils n'ont plus de haine, j'imagine, terrassés par la douleur. Je les comprends. Le ciseau m'a tranché l'amour à moi aussi, m'a perforé le rêve, jusqu'à aujourd'hui je me persuadais que Joseph Schimmer allait revenir, je l'ai pensé, éperdument. Pour moi comme pour eux, c'est fini.

Je me rends. Ils m'ont cherchée longtemps avant de me trouver, comme ils ont attendu ces femmes qui ont voulu devenir allemandes, comme ils ont traqué cette veuve cachée. J'accepte de traverser la place, c'est ce qu'ils veulent, je suis déjà morte de toute façon, ils peuvent me frapper, me griffer, m'insulter, je ne sens plus rien, je ne suis plus rien. Je vois le frère de Sabine, il baisse les yeux sur mon passage. Le boulanger du coin de la rue, qui me servait plusieurs fois par semaine quand je travaillais à l'Hôtel des Ducs, il secoue la tête. Le gardien du théâtre se répand en injures, je n'entends plus distinctement, pourriture, perverse, traîtresse, son fils est debout, près de lui, il se roule une cigarette. J'aperçois Elena, forme blanche et maigre, isolée de l'autre côté de l'estrade. Je l'ai vue dans le journal, en août l'année dernière. Ses cheveux ont repoussé jusqu'aux lobes d'oreilles. Ses yeux sont vides.

Sortant de la foule, un homme vient vers moi, squelettique. La chemise flotte autour de ses bras, de son torse étroit. Quel âge a-t-il ? Son teint est gris, son crâne lisse comme le mien, plein de trous révélant des cicatrices blanches. Il s'avance, lentement, silencieux. Je le laisse approcher. Je le regarde. Il marche avec peine, silhouette informe sortie d'un camp de concentration, j'ai vu tellement de portraits de ces gens depuis deux mois. Il fixe mes yeux. C'est peut-être une femme d'ailleurs, décharnée, réduite à ses os. J'ai peur de ce corps. Je l'attends. Il se poste devant moi. Droit. Tremblant. Il ne fait rien. Se borne à être là, au milieu de tous, me barrant le chemin. Ancré. Je veux dire que c'est impossible, je ne peux pas cesser d'aimer Joseph Schimmer, même maintenant, nous ne sommes pas de ce pays, ni d'un autre, ni d'aucune guerre. Je regarde mes pieds. J'ai honte. La silhouette est rivée dans le sol. Elle attend que je la contourne, indéniable victime, que je dévie ma route. Que je cède la place. Et je le fais.

Ils nous promènent au bout d'une corde. L'air tremble sous la chaleur. Ils ont passé la corde à nos cous et nous avançons en file, coiffées de casques de la Wehrmacht, moi en tête, dans les pas d'un FFI. Il faut faire vite, on dit que la police arrive. Je plisse les yeux, le monde est un mirage, je suis à l'intérieur de moi. Pourvu qu'Anna n'ait pas idée de la laideur de sa mère, mon ange blond, il y a des jours où je déteste être ta mère, sans toi j'aurais fichu le camp depuis longtemps, ou bien je me serais noyée, ça ne te regarde pas, mais tu existes et ça n'aura pas de fin, le bonheur que j'espère de toi, et la souffrance que tu m'infliges.

Mon ventre a poussé vite. Tu as été là tout de suite. Elena savait et ne commentait pas. Elle m'a gardée, jusqu'à ce qu'on ne puisse plus douter. Ça devenait indécent, ce renflement vert-de-gris. À Moermel, découvrant mon état, ma « mère » m'a giflée. Mon « père » venait de mourir, laissant enfin sa femme face à son fils, dans un amour aveugle et dégoûtant.

— Fiche le camp, elle avait dit, blême, tu nous fais honte.

Je suis revenue à Elena. Elle m'a envoyée au couvent, chez sa cousine.

J'ai pensé à Violetta, ma mère. A-t-elle voulu ma mort comme j'ai souhaité celle de mon enfant ? A-t-elle comme moi enfoncé des aiguilles à tricoter dans son vagin, cogné son ventre pour me tirer hors d'elle, couru jusqu'à tomber de fatigue, bu de l'alcool et des potions de sorcière pour empoisonner son fœtus ?

Au couvent des visitandines, à vingt kilomètres de Moermel, je suis devenue Marthe, bonne à tout faire. Plus de famille. Plus de prénom, plus de nom. Un vêtement blanc, un voile de novice, une croix de bois, et du silence. Beaucoup de silence, beaucoup d'oubli. Ces femmes ne savaient rien de moi, ne voulaient pas savoir. Je me laissais faire. Ce blanc. Ce vide. Cette absence de désir. D'avenir. L'oubli a fini par me gagner. Je n'avais plus de pensée. Je vivais, sans conscience de l'écoulement du temps, comme une feuille, une fleur, un brin d'herbe. Pas même sensible aux rituels qui ponctuaient la vie des sœurs, prières, chants, messes. Je n'y assistais pas, ou bien par hasard. Cette confusion vague de tous les instants de la journée, le matin versant dans le soir imperceptiblement, sans heurts, et le soir dans la nuit, jusqu'au matin, m'empêchait de glisser dans la mort. J'y étais déjà, en quelque sorte. C'était une mort douce. L'extérieur du couvent n'existait pas. Seul mon ventre me rappelait le dehors, sa nécessité, douloureusement ; et quand l'enfant cognait en moi, quand ma quiétude morne faisait place à l'angoisse de l'après, de quand je serais mère, je le suppliais de se tenir tranquille, l'enfant, de se faire oublier, de dormir, de mourir, pourquoi pas, et je sortais à la porte du couvent, sous la pluie, n'importe, j'attendais Joseph Schimmer, qu'il vienne me chercher, qu'il me prenne avec ce ventre, qu'il prenne mon ventre. Il ne venait jamais. Ni lui ni personne, sur la route déserte et ventée que longeaient des champs uniformes, pareils à ceux de Moermel, pareils à toute la vie, rien ne pourrait vraiment germer sur ce sol stérile. Toujours, une sœur me trouvait là, grelottante, anesthésiée. Il faisait nuit, elle me reconduisait à ma cellule.

Si Jeanne ne m'avait pas suppliée de le lui confier, j'aurais abandonné l'enfant. Elle est venue toutes les semaines. Toutes les semaines elle m'a fait promettre. À cause de Jeanne, je l'ai appelée Anne. Je dis Anne, je pense Anna, c'est tout ce qui reste de Joseph. Le « a ».

Quand j'étais petite, les garçons portaient les cheveux ras. Surtout l'été. Et quand on leur trouvait des poux. L'institutrice les faisait asseoir sur une chaise, ils patientaient, la morve au nez. Ça ne leur était pas égal, l'idée de se promener dans le village les oreilles décollées, le crâne blanc comme une peau de poule, désignés à tous comme pas lavés, pas soignés, pas dignes de la seule coquetterie possible ici : une raie dans les cheveux. Après les camps, après moi, on n'osera plus couper les cheveux des garçons, c'est impossible, on laissera leurs poux plutôt que de leur imposer une figure de martyr, ou une gueule de bourreau. Personne ne voudra ressembler à ça, à moi, à cette photographie qui paraîtra dans *Ouest-France* demain et me fera horreur : ma tête en trois exemplaires, de face, de profil, et de dos, impossible à relier au genre féminin ou masculin. La légende, au-dessous, sera reprise dans toute la presse : « Leçon d'hygiène patriotique. »

On changera de trottoir devant nous, les filles à turban. Certaines porteront des chapeaux, des perruques, mais les pauvres, comme moi, noueront un fichu sur leur tête, trahies par leurs poils courts dans la nuque et par le tissu même, seules les tondues en porteront de semblables, croyant se dissimuler, se signalant dans la distance, prévenant toute rencontre, tout frôlement avec d'autres corps, d'autres mains, détournant les regards. J'aurai la chance de retrouver, pour quelque temps encore, le couvent des visitandines, et le voile blanc des novices. Pendant huit mois, je ne me regarderai pas dans un miroir. Mes cheveux repousseront, lentement, les cheveux seulement. Je garderai sous ma chemise une marque indélébile de cette journée de juillet pas encore achevée, de ma faute, qui m'interdira à jamais la peau d'un homme : je ne peux pas situer le moment, je n'ai aucun souvenir de la main qui tient l'aiguille, ni du visage penché sur moi, je ne sais pas si c'est avant la tonsure, si je me débats, s'il fait jour ou déjà nuit, si j'éprouve de la colère ou, simplement, une apaisante résignation ; je dois avoir mal ; un homme hurle des mots, est-ce qu'ils sont pour moi, *Comprenne qui voudra, moi mon remords ce fut la malheureuse qui resta sur le pavé*, on essaie de le faire taire, il continue derrière la main qui l'étouffe tandis qu'on me perce la peau, *la victime rai-*

sonnable à la robe déchirée, au regard d'enfant perdue, découronnée défigurée, de loin en loin sa voix s'éraille, *celle qui ressemble aux morts qui sont morts pour être aimés,* on tatoue sur ma poitrine, à la lisière du mamelon droit, une croix gammée à l'encre de Chine.

Nous marchons, suivies par la foule, têtes rasées parmi les décombres de l'avenue Janvier, de la rue Saint-Hélier dévastée, criblée de béances et d'immeubles en ruine, pendant des semaines c'étaient des gravats enchevêtrés de poutres, de meubles brisés, chambres, cuisines, salles à manger réduites en poussière, éclats de verre, j'imagine que c'était comme ça, tissus déchirés, pêle-mêle de plâtre rose, bleu, mauve, brisures d'assiettes, jambes de poupées, tout est déblayé et vide maintenant, je trébuche sur des souvenirs que je n'ai pas, les bombardements ont eu lieu sans moi, j'étais terrée dans un couvent mais je sais tout, ils m'ont fait ce que la guerre leur a fait. J'avance dans le paysage désolé, anéantie au-dedans, de Rennes il ne reste plus grand-chose, ni de Rennes ni de moi, le sol se dérobe, il fait blanc tout d'un coup, tellement blanc, je tombe au fond de l'eau.

Le ciel est plein de voiles clairs où flottent des visages doux, sœur Marie-Ange, sœur Aimée, et d'autres, elles chantent le *Miserere* d'Allegri. Je n'ai pas retenu grand-chose mais ça, oui. *Aie pitié de moi, Seigneur, en ta bonté, en ta tendresse efface mon péché. Et secundum multitudinem miserationum tuarum, dele iniquitatem meam.* La musique n'a plus de piano depuis longtemps, le couvent est une maison pour les voix, elles résonnent *a cappella* dans le silence de la pierre. Elles ne tuent pas le silence, elles le sondent, elles en mesurent la densité, elles appellent quelqu'un qui loge là, dans l'absence de paroles, elles disent. Je chante avec elles, pour entendre le son de ma voix, ce qu'il en subsiste. Moi aussi j'évoque quelqu'un qui n'appa-raît que dans la nuit. Le reste du temps, le silence me va bien.

— Debout !

Le FFI me relève. Quelqu'un demande que je crie « Heil Hitler ». Je dis non. Il répète l'ordre. Je dis non encore. Le FFI veut que je me regarde dans un miroir qu'il me tend. Il ouvre de force mes paupières. C'est lui que je fixe derrière moi, dans le reflet. Il me lâche.

— Va-t'en !

Je ne bouge pas. Les autres femmes s'éparpillent. Sauf une, qu'on éloigne, bien encadrée par des hommes à brassard. J'attends qu'ils s'en aillent tous. Alors je m'assois. Je regarde la pancarte accrochée à mon cou. Je lis, à l'envers : « Fille de rien. » Je pose les mains sur ma tête, ma tête contre mes genoux. Fille de personne. J'appelle ma mère, elle ne viendra pas.

Je m'en irai. Je découperai mes turbans au ciseau, j'en ferai des guirlandes accrochées à la porte du couvent, en guise d'adieu. Je déchirerai mes vieilles robes, mes jupes larges, ma jeunesse en lambeaux, je la nouerai en rubans sales à la grille de l'épicerie, à Moermel, mais cette honte, je ne pourrai rien y faire, même quand les cheveux auront poussé je sentirai la lame froide, le courant d'air sur le crâne lisse, les manchots gardent un bras imaginaire, ma tonsure est gravée sous le scalp, l'image dans mes pupilles. Je ne pourrai pas le mettre en charpie, le reflet de moi dans ce miroir tendu par le FFI, il faudrait broyer ma mémoire, je m'en irai avec Anna, on ira à la mer, ailleurs, je vais essayer de ne pas mourir tout de suite, de ne pas me découper moi-même en morceaux, petite viande pourrie accrochée au bout des branches pour effrayer les oiseaux, maman, où es-tu, où es-tu, est-ce que je te fais peur à toi aussi ?

L'entre-deux-terres

Le train surplombe la mer. Elle s'étend loin sous le ciel vide. Pas un oiseau. Pas un nuage. Une soie à perte de vue, bordée par la falaise rouge qui s'étiole dans l'eau. C'est le Sud, cette barrière bleue qui fond dans la brume. Cette brutale absence de terre. Une lumière jaune, écrasante, oscille dans les cheveux d'Anna. Elle plisse les yeux, fixe la mer, les mains posées à plat contre la vitre.

Violetta venait jusqu'ici. C'est ce qu'a dit la mère de Jeanne à Madeleine, un jour d'avril 1947, quand elle a annoncé qu'elle s'en allait.

— Où ?

— Je ne sais pas.

Madeleine serrait une boîte à chaussures pleine de ses économies. La mère de Jeanne berçait son petit-fils.

— L'été, ta mère partait. Ils partaient tous.

La mère de Jeanne a fait un geste vague vers la fenêtre.

— Vers le sud.

Ils étaient des dizaines avec elle, des familles entières amenées par les changements de saisons, comme les vents, les variations de lumière et de température. Ils arrivaient dans le Sud pour l'éclosion des fleurs. Ailleurs au moment des moissons, et des vendanges. Par la main de Bérénice, Violetta a un visage de terre, solide, pérenne, le reste de son corps a été intermittent, apparaissant çà et là selon l'agencement du soleil et des nuages, selon la couleur des feuilles, des fleurs, des fruits, selon la durée du jour. C'est un corps transparent, léger, rétif à la caresse, sans racines. Violetta a cessé ses retours à Moermel après la naissance de Madeleine, les autres saisonniers sont revenus mais pas elle, jamais, payée pour disparaître. Une fois délivré son corps s'est évaporé comme une flaque, ou bien il s'est dilué dans la mer, dans le bleu, ciel ou eau, invisible à l'œil nu. Il ne reste que la sculpture de Bérénice. Dans le Sud, parmi des paysages encore insoupçonnables depuis le train qui longe la mer, à travers les silhouettes d'autres femmes penchées sur les fleurs, Violetta retrouvera un corps, Madeleine en est sûre, même provisoire, ça n'a pas d'importance. Madeleine va dans le Sud, poussée par l'instinct, le hasard, un désir sans nom, une intuition de quelque chose impossible à dire précisément, et aussi pour cela : rendre un corps à sa mère.

Une visitandine a obtenu pour Madeleine un poste de gouvernante chez une vieille femme malade, en bordure des champs de fleurs. Madeleine a acheté un aller simple pour elle et Anna. Anna l'a suivie sans un mot, il n'y avait pas de larmes sur le quai de la gare.

On pourrait dire : il n'y avait pas d'enfant. La main de Madeleine tremblait au moment du départ. Pas celle d'Anna. Jeanne avait supplié Anna d'appeler Madeleine maman mais Anna ignorait le mot, elle disait Jeanne, elle disait Mado, le quai s'éloignait, Jeanne et Antoine rétrécissaient, s'effaçaient au loin, et la gare, et Rennes, et toute cette terre verte et brune, il allait bien falloir qu'Anna s'habitue à *maman* et oublie Mado, Madeleine avait une nouvelle fois changé de prénom — *Je suis Mathilde,* dira-t-elle tout à l'heure en descendant du train, elle articule silencieusement la phrase en regardant la mer, la falaise rouge, la lumière dans les cheveux d'Anna, *Je suis Mathilde Lanec et voici ma fille Anne,* et chaque passage dans un tunnel de roche lui renvoie le reflet de son visage amaigri, de ses joues creuses, de ses lèvres étirées dans le « i » de Mathilde, ce qui pourrait être un sourire si elle voulait. Anne cligne des yeux, fixe la pierre rouge qui file à toute allure, puis replonge dans la mer.

À la gare, tandis que le train ralentit, une jeune femme marche sur le quai désert, les jambes et les chevilles exposées aux regards. Elle porte une robe de coton léger et retient d'une main son chapeau qui s'envole, un grand chapeau de tissu clair dont les larges bords laissent passer la lumière. Ce chapeau ne sert à rien, même vêtue cette femme est nue. La robe ne dissimule ni ses genoux, ni la cambrure de ses reins, ni la rondeur de ses fesses et de ses seins. À l'autre bout du quai, le chef de gare la suit des yeux. Madeleine le voit plonger la main dans sa poche. Il doit remercier la femme d'avancer avec une telle lenteur, de lui laisser le temps. Il s'ébranle avant l'arrêt du train.

— Vous êtes Mathilde ? demande la femme en ôtant l'inutile chapeau.

— Oui.

Ses cheveux noirs coulent dans sa nuque, dans son dos, et le vent les emmêle.

— Je m'appelle Bianca.

Madeleine porte une robe à fleurs démodée qui tombe sur ses chaussures. La robe est boutonnée jusqu'au cou.

La femme tend la main, sourit. Du haut du marchepied, Madeleine entrevoit la naissance de ses seins.

— Et toi, tu es Anne ?

Un petit garçon s'approche.

— Paul, dis bonjour.

Paul se serre contre sa mère, effrayé par tant de blondeur. Jamais on n'a vu de si longs cheveux sur une tête de petite fille. Anne est une sirène de livre illustré.

— Madame Desmarets vous attend, je vous accompagne.

Ils montent dans un car presque vide, Bianca et Paul devant Madeleine et Anne. Ils roulent, une heure peut-être, cela dure, ils longent la mer d'abord puis s'enfoncent dans les terres, des routes étroites et sinueuses d'où l'eau semble un mirage. Ils traversent du bleu, du jaune, du rouge, et tout le nuancier d'un paysage du Sud exubérant et fleuri, les sacs s'entrechoquent au fond du car, à l'exception d'un grand cabas posé sur les genoux de Madeleine, dans lequel roule le buste en terre, grossièrement recollé, de Violetta.

La gare routière chauffe sous le soleil. Madeleine, Anne et leurs hôtes descendent du car. Ils marchent. Les rues pentues de la petite ville s'enfoncent dans la fraîcheur, les relents d'urine, de cuisine, une puanteur indéfinissable de fruits ou de fleurs pourris. C'est l'heure du déjeuner, jusqu'à la maison ils ne croisent personne ; à peine quelques silhouettes rasant les murs et inclinant la tête, pour saluer ou éviter les regards.

La vieille femme est assise sous une treille, une main en visière. Un chat ronronne sur la table.

— Tu arroseras les géraniums, Bianca, et tu nourriras le chat.

Madame Desmarets attire Paul contre son ventre énorme. Il reçoit un baiser de chair molle et rance, et s'enfuit avec des cris d'Indien.

— Mathilde, venez ici que je vous voie. Asseyez-vous.

Madeleine s'assoit.

— Vous n'êtes pas trop coquette, c'est bien.

Madame Desmarets a le teint d'une morte sous la lumière verte. Elle a serré des épingles derrière ses oreilles. Dans sa nuque, des mèches grises, crépues à force de frotter contre l'oreiller, s'échappent d'un semblant de chignon.

— Elle est en bonne santé, cette enfant ?

Madeleine regarde sa fille. Des veines bleues battent à ses tempes. Son corps se brise en angles douloureux, comme le sien.

— Oui, je crois.

Bianca pose un bol de cerises sur la table.

— Sers-toi, Anne.

Madeleine suit la main qui plonge dans le bol et guide le fruit dans sa bouche. Elle fixe les dents plantées dans la pulpe. Elle n'a jamais vu ces gestes avant. Comment Anne prend un fruit. Le porte à sa bouche. Le mâche. Comment elle frotte ses yeux quand elle a sommeil, comment elle se murmure des histoires la tête couchée sur ses bras croisés, comment elle boit, à petites gorgées, comment elle peigne ses cheveux elle-même, longuement, comment elle tient l'index de sa mère et non sa main, une habitude prise avec Jeanne, sûrement, tant de familiarités qu'elle découvre depuis la veille, depuis ce départ de la gare de Rennes, et ce n'est rien encore, se dit Madeleine, le Sud est ce point cardinal qui reçoit la lumière et ne s'en défait pas du matin jusqu'au soir. Madeleine regarde l'enfant qu'elle ne connaît pas. Son enfant. Elle voudrait l'aimer, elle n'est pas sûre d'en être capable, de l'aimer bien, comme elle croit qu'il faut aimer un enfant, elle ne sait pas comment une mère doit aimer, peut aimer, elle ne sait rien. Elle regarde sa fille. Elle a cette patience du regard. Pour l'instant le jus rouge coule affreusement sur les lèvres d'Anne. D'un coup Madeleine se lève, essuie la bouche d'un revers de main, Anne se mord et du vrai sang perle alors Madeleine tremble, touche la blessure du bout des doigts, incapable de décider ce qu'elle doit dire, ou faire. Madame Desmarets tend un mouchoir, Madeleine le saisit mais Anne écarte fermement la main de sa mère. Elle croque une autre cerise. Le suc des fruits se mêle au sang.

— Vous venez, Mathilde ?
Bianca passe la première.
— Voici la cuisine.
Un évier bas, un tabouret, des cageots vides, une huche à pain, une tapette à mouche, un rideau rouge sous l'évier, qui fait office de placard.
— La chambre de madame Desmarets.
Un lit bleu, un chevet, trois livres, un petit buffet de bois foncé, un crucifix sur le mur blanc.
Une troisième porte, au fond du couloir. Fraîcheur de cave, odeur de mousse, de pierre mouillée. D'abord, on ne voit rien. Puis les yeux s'habituent. On devine les contours d'une armoire, d'un fauteuil, d'un abat-jour. La lumière du dehors troue l'obscurité en rayons obliques que Bianca traverse. Sa nuque. Son épaule. Sa main. Ses cheveux. Une fenêtre s'ouvre. Les gonds grincent, Bianca se penche au-dehors, pousse les volets contre le mur. Un parfum lourd s'engouffre dans la pièce. Le soleil cogne un miroir, une deuxième fenêtre s'ouvre, une troisième, une autre encore, les volets claquent, le soleil se déverse, se multiplie dans les vitres, les vitrines, le verre des lampes et des glaces. Bianca écarte un rideau de dentelle jaunie, ouvre la dernière fenêtre.
— Voilà.
Une dentelle d'ombre s'étire à travers la pièce et sur la peau, les robes, les cheveux d'Anne et de Madeleine. La petite fille promène sa main devant ses yeux.
— Venez voir...
Madeleine avance. Elle se force à regarder malgré la lumière crue. Des collines bleues tombent jusqu'à la mer, très loin, couvertes d'arbustes à fleurs blanches.

— On monte ?

Sous le toit, il fait chaud. Un plafond bas, deux chambres étroites, à peine meublées. Bianca montre un bâtiment blanc de l'autre côté de la rue.

— J'habite en face, au deuxième étage.

En bas, madame Desmarets n'a pas bougé. Paul surgit, un secret au creux de la main. Il s'approche d'Anne, écarte prudemment les doigts. C'est un criquet en mue. La peau translucide se détache déjà des pattes et du dos. Anne se penche, saisit le criquet entre ses doigts.

— Ta chambre te plaît, Anne ? lance la vieille femme.

Anne hoche la tête sans lever les yeux, tout occupée à arracher, une à une, les pattes de l'insecte.

Il suffira d'une journée à Madeleine pour prendre ses marques dans la maison. Madame Desmarets est peu loquace, sans autres besoins qu'un endroit propre, trois repas par jour, une heure de lecture à voix haute, et une aide à la toilette matin et soir. De la petite ville, Madeleine ne saura rien, ou bien elle l'apprendra par inadvertance, sans curiosité ni pour son histoire, ni pour son industrie, ni pour ses gens. Elle s'est inventé un passé minimal que madame Desmarets répandra autour d'elle, celui d'une jeune Parisienne sans famille dont le compagnon est mort prisonnier en Allemagne, puis elle se tiendra à l'écart, volontairement étrangère. Cela ne satisfera pas les habitants de la ville, qui ne pourront s'empêcher de s'étonner de la blondeur d'Anne. Un jour la guerre aura fini d'obséder les consciences, la blondeur des enfants n'aura plus d'importance mais pour l'instant, comme tous les Français, les gens font un calcul, on ne peut pas leur en vouloir : 1947 moins cinq égale 1942, les prisonniers de guerre sont partis en 1940, on peut tout imaginer, une évasion, une permission exceptionnelle, bien sûr ; mais Madeleine est jeune et l'enfant n'a plus de père, cette absence accentue forcément sa blondeur et le bleu de ses yeux.

Pour Anne seule, Madeleine essaie de ne pas être une étrangère. Anne la suit partout, épluche les légumes avec elle, tire les draps sur les lits, dépoussière les meubles, passe le balai, remue les casseroles, mange à ses côtés. Elle arrache les mauvaises herbes, plie les torchons et les serviettes, frotte les vitres, mais son visage reste lisse, neutre, et elle ne parle pas. Elle est un corps à part, depuis toujours. Sauf quand ses doigts serrent les doigts de Madeleine, dans la rue. Sauf le baiser qu'elle donne et reçoit, à peine marqué, le soir avant de se coucher. Parfois, elles regardent ensemble la photo de Joseph Schimmer, celle que Madeleine a emportée après son séjour chez Mylène Châtelle. Il a dix-huit ans, il est beau, Madeleine dit qu'il s'appelle Joseph et qu'il était pianiste, qu'il a été prisonnier de guerre, qu'il n'est pas revenu. Anne ne pose aucune question. Elle embrasse la photo, ou bien elle la retourne, ou la repousse, et Madeleine sait qu'elles ne seront jamais si liées que devant ce cliché de l'absent, face à ce corps qui les a faites toutes les deux. Anne a demandé si Madeleine aurait préféré que ce soit elle, Anne, plutôt que Joseph, qui disparaisse. Madeleine a giflé Anne. Anne est sortie de la chambre sans un regard.

Depuis sa chambre, Madeleine aperçoit l'atelier de danse de Bianca, au troisième étage du bâtiment blanc, de l'autre côté de la rue. Elle regarde les corps d'enfants découpés dans les cadres des fenêtres ouvertes. La voix de Bianca commande leurs mouvements, *rond de jambe, demi-plié, tendu, port de bras, plus haut Brigitte, sept, huit.*
Un piano marque la cadence, d'une seule main. La main manquante est remplacée par une voix chevrotante, qui pallie le défaut de touches en ânonnant des « *la* dièse » ou « *mi* bémol » fatigués. *Glissade, pas de bourrée, glissade, saut de chat, sept, huit.*
Tous les après-midi, les bras dessinent des figures indécises que Bianca polit, précise, rend lisibles, s'arrêtant le long de la barre, relevant des mentons, des coudes affaissés, dépliant des poignets cassés. Les mouvements gagnent en grâce, en fluidité avec l'âge des ballerines. Derrière la vitre Madeleine déchiffre des chorégraphies de valseuses, de petits chats, de tragédiennes, cela n'est pas seulement joli, cela parle, raconte des histoires comme le piano de Joseph Schimmer, ce serait bon pour Anne de danser, si seulement elle voulait bien essayer, danser, à défaut de parler.

— Ça me ferait plaisir qu'Anne vienne aux cours de danse, dit un jour Bianca.

— Je n'ai pas d'argent.

— Comme beaucoup de mes élèves.

— Elle vous dérangera.

— Je m'en occuperai.
Et contre toute attente, Anne est d'accord.

Les tutus sont usés, des voiles de mariées réduits en lambeaux, amidonnés, cousus sur des pièces de taffetas sacrifiées ou des restes de toile de parachute qui pendent mollement le long des jambes, et se déchirent. Ils flottent autour des hanches, se froissent en l'air à la moindre pirouette, les mères ont fait ce qu'elles ont pu. Les filles dansent pieds nus, certaines ont des chaussons d'occasion barrés de bande adhésive à l'endroit où le cuir a fini par se trouer. Anne porte une robe de coton blanc.

Elle entre dans la salle vide et s'adosse à la barre. Elle attend. Les autres filles arrivent une à une. Anne semble ne pas les voir. Elles l'ignorent. Une femme en mitaines s'assied au piano. Bianca commence. *Dégagé un, dégagé deux, retiré, quatre, cinq, posé, sept, huit.* Anne regarde autour d'elle, les corps symétriques obéissent à la voix de Bianca, elle les fixe l'un après l'autre, hébétée. Elle ferme les yeux. Elle bouche ses oreilles. Elle jette ses jambes en avant, en arrière, elle n'entend ni les fausses notes, ni Bianca, elle tourne sur elle-même, les cheveux dans la figure, la tête penchée, et Bianca s'approche d'elle, un caoutchouc à la main. Elle effleure sa tête. À peine. Anne se retourne et mord au sang les doigts qui tiennent l'élastique. Le piano cesse, le tabouret roule à terre, les filles hurlent et refluent vers la porte, Madeleine se précipite.

— Ce n'était pas une bonne idée, Anne, qu'est-ce qui te prend, elle ne veut pas qu'on touche ses cheveux…

Anne fixe Bianca droit dans les yeux.
— C'est mes cheveux.
Bianca ouvre et ferme sa main endolorie. Elle hoche la tête.
— Ça va, ça va... Je ne les toucherai plus.
Deux fois par semaine, Madeleine accompagne Anne au cours de danse. Ses bras dessinent dans l'air des formes inédites, ses jambes se dressent, se plient, se tendent, ne tiennent compte ni des directives de Bianca, ni du piano, elle suit une cadence intérieure, les yeux clos. Elle traverse en aveugle les diagonales, selon des trajectoires imprévisibles, virevolte en déboulés vacillants, les bras arrondis autour d'un ballon imaginaire. Elle se heurte au miroir, à la barre, et change de trajectoire. Elle tourne jusqu'à tomber, ses cheveux suivent la ronde molle des tutus, ils s'élèvent en corolle, se froissent, s'affaissent, il arrive qu'elle se mette à sourire, à quoi, à qui, c'est un sourire pour personne, personne de visible.
— Tu es contente ? demande Madeleine.
— Tu ne lis pas mes messages ?
— Des messages ?
— Ceux que j'écris avec les bras. Il faut tout te dire.

Les premiers temps, pour Madeleine, les champs de fleurs sont un paysage vide. Quand elle se lève, les femmes ont déserté la place depuis longtemps. Le soleil cuit les pétales, il fait une chaleur dont Madeleine n'a pas l'habitude et qui, déjà, donne forme au corps de Violetta. Comment elle transpirait. Comment elle s'abritait dans l'ombre, semblable à Madeleine qui cherche la fraîcheur. Madeleine se mouille le visage, Violetta a une peau. Des sources glacées coulent partout dans le Sud, ses gencives lui font mal quand elle boit au ras du sol, au creux de sa main. Maintenant, Violetta a une gorge.

Des narines, des poumons. Madeleine s'est remplie des effluves écœurants qui circulent dans la ville, au gré des distillations d'usines. Lavandin, néroli, rose, tubéreuse, Madeleine en ignore les noms, elle n'a pas idée des nuances possibles entre plusieurs concentrés d'une même plante, chaque usine a son secret mais les ouvriers ne s'y trompent pas, ni les cueilleurs saisonniers qui arpentent ces rues plusieurs mois chaque année. Violetta en était, capable peut-être d'identifier ceux qui travaillaient à Méris, ceux qui étaient de Viel, et ainsi des cinquante usines disséminées aux alentours, cinquante infimes variations olfactives imprégnant les vêtements des manœuvres, ils se reconnaissent au nez avant même de se voir. Depuis que Madeleine respire cet air-là, Violetta respire.

Violetta a des papilles. Madeleine mange tout. De l'huile d'olive, avec la fin du rationnement, des biscuits, de la courge, elle mange et boit jusqu'à la nausée, la faim de son estomac ne compte pas, ni le plaisir qu'elle prend à se rassasier. Son désir de savoir est insatiable, elle avale des certitudes, elle s'en gave, n'en a jamais assez.

Violetta entend, voit, goûte, elle frémit depuis que le mistral s'engouffre dans les cheveux et sous les jupes de Madeleine. Il lui manque un corps. Des mains. Des jambes. Des muscles. Un dos. Un ventre pour enfanter. Une colonne vertébrale.

Alors Madeleine se lève bien avant le soleil, pour voir les champs de fleurs peuplés de corps au travail. Parfois, c'est au milieu de la nuit. Tout dépend de la lune. Elle descend pieds nus dans le jardin, on est presque en août mais à cette heure les tommettes sont fraîches. Elle regarde les cueilleuses de jasmin arriver au bas de la ville. Elles sont trop loin pour que Madeleine distingue leurs visages, leurs paniers, leur nombre, ce sont des grappes de spectres silencieux, mouvants, qui se détachent et s'éparpillent dans les champs, à peine visibles, blancs sur les fleurs blanches. Ils restent là, penchés des heures tandis que l'aube vient, et la tiédeur, que des corbeilles immenses s'emplissent de mousse claire, que la rosée lentement s'évapore, laissant monter les parfums entêtants qui s'achètent à prix d'or. Les corps des cueilleuses s'évanouissent avec le jour.

Il faudrait descendre auprès de ces femmes et travailler comme elles, achever de donner chair à Violetta.

— Bianca, je voudrais aller avec les cueilleuses.

Bianca la réveille à trois heures ce matin-là. C'est une nuit de pleine lune. Anne bâille, s'habille, la suit, elles retrouvent d'autres femmes, d'autres enfants dans la rue, et s'y agrègent. On sonne aux portes, il s'en ajoute encore, des femmes, des enfants mal réveillés, ils marchent vers les champs. La route en lacets descend vers la plaine. Vue de haut, dans la nuit transparente, on dirait un lac immobile. De loin, le geste des cueilleuses semblait doux. De près, il tyrannise le corps. Les pieds sont trempés de rosée. Dès la première demi-heure, le dos souffre, chaque vertèbre, de la nuque aux reins, les jambes tirent. Après une heure les yeux fatiguent sur les fleurs minuscules, les doigts tremblent à manipuler cette chair fragile, ne pas casser la fleur, ne pas déchirer le pétale, ne pas l'écraser sous les doigts, saisir à peine le bouton à la base, exercer la pression suffisante, le détacher sans l'abîmer, trouver la juste cadence, le salaire compensera les crampes, les rhumatismes, les lumbagos avant l'âge, le geste des cueilleuses use tout le corps. Madeleine se redresse dans le jour qui se lève, elle a mal. Elle marche jusqu'à l'usine où on pèsera les corbeilles, attentive à sa douleur. Les fleurs seront déversées sur un tapis de jute dans le bâtiment dit « La Mosquée », troué de moucharabiehs en ciment ; là s'arrête, toujours, le parcours des cueilleuses. De Violetta. De Madeleine. Elle pourrait demander, par curiosité, à entrer dans l'usine, déambuler à travers l'atelier d'enfleurage parmi les châssis pleins de graisse, elle traverserait les salles perchée sur des passerelles, suspendue au-dessus des tonnes de fleurs, et des tapis de maison accrochés à l'aplomb des cuves à parfum avant l'automne, mais non, Violetta est vivante maintenant, qu'importe tout le reste, elle n'a plus de curiosité pour rien. Madeleine aurait pu entrer à l'usine Méris, faire le tour de la pièce-musée, poser les yeux sur cette photographie sépia d'un groupe de cueilleuses devant un champ de jasmin, datée de 1923, où elle aurait reconnu, au deuxième rang, un visage familier, légèrement flou, qui aurait pu être celui de sa mère. Mais Madeleine sort, courbatue et légère et une fois dehors, épuisée, elle aura ce mouvement irréfléchi : serrer Anne dans ses bras, à l'étouffer. Elle embrassera ses cheveux et Anne se laissera faire, disant seulement qu'elle a faim, c'est à ça que servent les mères. *J'ai faim*, comme c'est étrange d'aimer entendre ces mots-là.

Bientôt, Bianca invite Madeleine à dîner chez elle. Bianca voudrait être son amie. Madeleine sait que c'est impossible.

Le mari de Bianca est sorti, Anne et Paul dorment chacun dans une chambre. Madeleine et Bianca pèlent des pommes de terre. On entend le frottement des lames contre la chair juteuse, les peaux s'enroulent en spirales fines et se détachent sur la nappe rouge. À Moermel aussi ce geste meublait les silences, quand la radio ne fonctionnait plus.

— Ça se passe bien, avec madame Desmarets ?
— Oui.
— Anne est contente ?
— Oui.
— Elle vous a dit pour le spectacle de danse, à Noël ?
— Non.
— Ça vous plaît, ici ?

Madeleine se force à quelques phrases.

— C'est différent de ce que j'ai connu.
— Et la chaleur, ça ne vous pèse pas ?
— Cette douceur, à Paris on n'a pas l'habitude.
— Vous comptez vous installer vraiment ?

— J'ai besoin d'un travail.

À l'école, Madeleine levait le doigt sur les questions faciles, ensuite on la laissait tranquille, rêver à son aise, elle s'échappait dans les images d'océan épinglées au mur.

— Moi non plus je ne suis pas d'ici.

Il faudrait s'étonner. Chercher à en savoir plus, poser une question.

— Je viens d'Alsace. J'étais trapéziste, dans un cirque.

S'émerveiller. Saisir la main tendue par Bianca. Mais Madeleine n'est pas sûre de le vouloir.

— Le cirque a fait une halte ici en 1939. J'ai rencontré François.

Bianca n'aime pas cette ville. Madeleine le sait. Madame Desmarets dit que Bianca est un nom de scène, qu'elle s'appelle Blanche en réalité. Blanche est un prénom de femme, Bianca un oiseau de chapiteau, elle se balance sur le grand volant, échappant aux lois de la gravité, Bianca n'est pas un prénom, c'est un lieu sans attache. Bianca cherche en Madeleine une ressemblance, Madeleine sait qu'elle pourrait en trouver, cette errance, cette absence de sol à soi, mais elle s'y refuse. Bianca se trompe, et le reste du monde, Madeleine est cette vision hideuse dans le miroir tendu par le FFI, il ne faut pas se méprendre, les cheveux ont repoussé, il fallait épargner les autres, leur regard, ne pas les effrayer ; mais la mutilation est définitive. Madeleine n'a pas de prochain, elle ne ressemble à personne.

— Vous savez, votre chambre. Les Allemands ont dormi dedans.

— Ah ?

— Pas longtemps. On a surtout eu les Italiens.

Envie de silence.

Bianca s'agite. Elle voudrait que Madeleine la regarde.

— Quand les Italiens sont arrivés, tout le monde s'est rué dehors. On se bousculait pour les apercevoir. On n'avait pas peur, ça non ! Vous savez ce que Paul a dit ? C'est pas des soldats, c'est des Italiens.

Qu'elle l'écoute.

— Ils avaient tous des cousins dans la ville. Ils défilaient en musique, le dimanche matin, gominés et puant le mélange d'eaux de Cologne. Personne ne voulait manquer le spectacle.

Qu'elle prenne ces morceaux d'elle, qu'elle soit généreuse à son tour.

— Le soir, ils branchaient des électrophones, ils dansaient dans les quartiers, des faux galons épinglés aux épaules. En 1943, les Allemands ont pris la relève. Les Italiens ont jeté par les fenêtres leurs oreillers, leurs matelas, leurs boîtes de conserve, leurs paquets de sucre... on attendait en bas avec des sacs.

Qu'elle lui raconte sa guerre.

— Les Boches les ont parqués dans des trains, les mitrailleuses crépitaient et n'effrayaient personne. Des dizaines de femmes se sont couchées sur les voies. Elles pleuraient. Elles s'accrochaient aux rails. Elles hurlaient.

Qu'elle dise quelque chose, n'importe quoi, qu'elle soit là.
— Il a fallu leur ouvrir un à un les doigts pour les détacher. On nous a pas vraiment fait de mal, ici. Pas comme à vous.

L'eau bout. Bianca jette les pommes de terre dans la casserole.

— Alors vous êtes de Paris ?
— Oui.
— Qu'est-ce que vous faisiez, à Paris ?
— Serveuse. Dans une brasserie.
— Parlez-moi de Paris.
— C'est bruyant. Du monde, tout le temps.
— Beaucoup de monde ?
— Oui.
— Beaucoup de bruit ?
— Oui.
— C'est bien. Ici, c'est tranquille.

Bianca se rassoit. Tout contre Madeleine. Elle se penche. Elle murmure.

— On entend les gouttes qui tombent du toit, quand il pleut. Une à une. Les chats qui marchent trois étages en dessous, leurs griffes contre l'asphalte. Vous ne pouvez pas savoir. On entend tout. Tout.

Vient l'automne, et la rentrée des classes. Madeleine voudrait glisser sur toutes choses, ne laisser nulle part d'empreintes mais Anne est inscrite à l'école. Comme à la danse, Anne s'ancre dans la classe, parmi d'autres enfants, chaque jour les mêmes, à qui elle finit par adresser la parole bien qu'elle reste distante de tous, ne partageant pas leurs jeux. Ces enfants ont des mères, ou des bonnes, postées chaque jour devant le portail à l'heure de la sortie. Elles saluent Madeleine. La boulangère la salue, et le boucher, et d'autres commerçants encore, elle devient familière jusque dans sa façon de rester à l'écart, elle ne veut pas de cette place fixe. Se laisser apprivoiser, ça n'était possible qu'avec Jeanne. Mais Jeanne, déjà, devient un souvenir, une figure pâle, peu à peu altérée, dans quelques années elle ne ressemblera plus à l'image que s'en fait Madeleine, que s'en fait Anne, Madeleine se détache. De tout. Ou presque.

Les mois glissent les uns dans les autres, se figent dans une éternité calme et ensoleillée. L'hiver a commencé, et puis il a cessé. Il a duré dix jours. Ensuite, c'est le printemps de nouveau. Anne a eu six ans, Madeleine vingt-trois. Un cycle se termine, un autre, identique, commence. Bientôt vont arriver les saisonniers pour la cueillette du jasmin. Les fêtes fleuries, païennes et religieuses, les pèlerinages, les célébrations de saints patrons à dates fixes, tout cela va venir, vient déjà, est advenu. Il n'y a qu'à attendre. C'est le retour des beaux jours. La promesse d'un soleil lent à se mouvoir.

Un matin de juin, alors que Madeleine secoue des coussins par la fenêtre, elle lève les yeux et s'arrête sur le paysage. La mer est loin. La petite ville rangée à l'intérieur des terres n'a qu'une vue triangulaire, scintillante, sur l'eau. Madeleine regarde cette flaque prisonnière entre les collines, le filet qui s'étire vers l'ouest et se confond avec le ciel, hors d'atteinte. Cette vision est d'une tristesse atroce. Elle s'imprime en Madeleine, tout d'un coup, et ne la quitte plus.

Même en pleine fête. Au spectacle de danse de fin d'année, Anne a choisi d'incarner une luciole.

— Pourquoi ? a demandé Madeleine.

— À cause de mes cheveux. C'est ma lampe dans la nuit.

Anne danse, elle écrit dans le soir des arabesques gracieuses, une écriture secrète dont Madeleine suit chaque boucle et la ponctuation obscure, sans comprendre, pensant seulement que la chorégraphie est étrange et belle, que l'année prochaine il faudra revenir, au même endroit, à la même époque, assister peu ou prou à la même fête, pensant que la mer restera loin, confinée entre les collines, et que, si elle pouvait, elle partirait, maintenant.

Ce n'est qu'une question de semaines mais elle l'ignore. Il lui manque une raison légitime à ses yeux pour déplacer sa fille une nouvelle fois. À chaque migration, ce sera pareil. Du Sud aux vignobles du Rhône, des vignobles à Toulouse dans les plaines maraîchères, de Toulouse au Centre, Madeleine attendra le prétexte qui viendra toujours, la réflexion désobligeante, qui cherche trouve, pour déraciner Anne. La filiation entre Madeleine et Violetta, entre Anne et Madeleine naîtra de cette errance, des exils répétés. L'une sera le pays de l'autre.

Pour l'instant, Madeleine n'a pas quitté le Sud. Léon n'a pas encore gueulé sous sa fenêtre. Il s'apprête à le faire, ne sachant pas qu'il sera l'incident attendu, que ce jour-là Madeleine est allongée sur son lit, qu'elle entend tout, en effet, Bianca a raison, ici même une feuille qui tombe murmure quelque chose, et Bianca ne fera pas taire Léon, persuadée que Madeleine est sortie. On entend tout, dans le Sud, sauf Madeleine. Elle a appris, au couvent, à faire silence de tout son corps, à crisper chaque muscle, à ralentir le battement de son cœur comme les bêtes à sang froid, à devenir pierre. Sur son lit ce jour-là, elle est pierre. Anne dort dans la chambre voisine. Rien ne va arrêter le flot de mots dans la bouche de Léon.

D'habitude Bianca masse son beau-père chez lui, assise sur son lit. Il ne sort presque plus. Aujourd'hui, il a voulu prendre l'air. Son fils l'a amené ici, chez madame Desmarets qui fait sa sieste, il est assis dans un fauteuil sur le perron. Il attend Bianca.

— Tu as été longue !
— Ce n'est pas vrai, Léon.
Un bruit de chaise.
— Laissez-vous faire. Voilà, ouvrez la main.
Un frottement de peaux. Bianca masse la paume du vieillard, ses doigts noués de rhumatismes, elle polit la douleur. Madeleine l'imagine sans la voir, en robe blanche et fine, nue même vêtue. Le vieillard respire fort. Bianca n'est pas sa fille, il ne lutte pas contre l'érection.

— Alors, ces bouches à nourrir ?
— Qui ça ?
— Tu le sais, la bonne et sa mioche. Ça s'arrêtera jamais, cette invasion ?
— Vous n'allez pas recommencer...

— Je vais te dire, on n'a pas gagné la guerre, ça c'est des foutaises. Les Parisiens, d'abord, ils sont venus chez nous avec le ventre vide et les poches pleines. Ils nous ont pris le peu qu'on avait. Les autres, les Bulgares et tout, ils ont profité de la guerre pour faire de la rose pas chère, les Arabes pareil, et le jasmin et les oranges, et nous, plus rien. C'est pas les Boches les pires. Ils ont détruit quoi ? Trois ponts et quatre immeubles ! Ils ont perdu leur guerre et nous, on l'a pas gagnée... Tu vas voir, ils vont tout nous prendre, tout nous confisquer, les étrangers. La bonne, sa fille, tous ces gens qui s'ennuient chez eux, qui mangent pas pareil, qui ne connaissent rien au parfum, qui font des gosses on sait pas comment !

— Calmez-vous, Léon.

— Tout le monde le pense, toi tu es trop douce, tu n'entends pas les hommes, hein, ce qu'ils disent, ils se la mettraient bien au lit, la boniche, pour voir si elle sent bon, si elle est pas moisie du dedans, tu vois bien qu'elle est blonde, tellement blonde la petite, je les comprends, tu vois, et ça vient manger dans nos assiettes, ils peuvent pas nous foutre la paix ? Hein ?

— Vous ne pouvez pas...

— Et les mères ! Tu sais ce qu'elles disent, les mères ? C'est la fille du diable, cette gosse, elle est muette, elle griffe, elle dissèque les insectes, elle déchire les fleurs, tu l'aurais vue avec des iris, l'autre jour, elle s'essuyait les mains sur les joues, du jus violet partout, et ça la faisait rire, tiens, ce violet sur les doigts, elle pressait les pétales, comme ça... la fille d'un assassin, elles disent, et toi tu vois rien, pauvre Bianca, tu ne veux pas, même ton mari ne la supporte pas...

— Il la voudrait sans doute dans son lit, lui aussi ?
— Peut-être bien que oui !

Madeleine ferme les yeux. Les lames découpent le visage du vieillard en lambeaux rouges et fins qu'on nouera au portail de l'école, à la porte de l'église, autour de son cou pour le faire taire, c'est Bianca peut-être qui tiendra les ciseaux et les lames claqueront comme la gifle qu'elle vient de donner, démultipliée, jusqu'à ce qu'il disparaisse, ce vieux dégueulasse, que ses rubans de peau sèchent au soleil et tombent en poussière et soient bouffés par les corbeaux.

Une envie de pire. Madeleine l'éprouve en se levant, tout de suite. Elle se passe le visage sous l'eau froide. L'envie grandit. Ne la quitte pas. C'est une urgence effrayante. Le lendemain, en fin d'après-midi, Anne et elle accompagnent Bianca et son fils à la piscine de l'usine Méris. Les rues sont désertes. Les hommes sont collés aux postes de radio ou amassés devant les bars de la vieille ville : ils suivent le Tour de France. Ils parient. Ils hurlent les noms de Gino Bartali et de Louison Bobet. Ils se concentrent sur la voix excitée qui commente la course, ils imaginent les cols frappés de soleil, le battement des rayons et les cris de la foule leur vrillent les oreilles, ils voudraient être assis là, sur les selles, enfourcher les petites reines et les dompter, les pousser à bout, jusqu'à l'épuisement, les soumettre au coup de pédale, à l'effort, au muscle. Ils ne voient pas la petite bonne descendre la rue, dans quelques jours elle prendra le même chemin, chargée de valises et d'un billet pour Lyon.

À la piscine de l'usine Méris, leurs femmes et leurs enfants. Bianca se déshabille. Anne et Paul. Madeleine déboutonne sa chemise, elle s'ouvre sur un maillot de bain emprunté à Bianca. Elle fait glisser sa jupe. Relève ses cheveux. Personne encore ne l'a vue. Pas même Anne. Ni aujourd'hui, ni jamais. Pas un morceau de chair. Madeleine traverse la pelouse, lentement. Les regards se figent. Les corps. L'eau, même, qui cesse de trembler et se lisse, peu à peu. Ce qu'ils fixent tous, maintenant, c'est la bestiole hideuse gravée dans le sein de Madeleine. Une araignée à quatre pattes à peine dissimulée par le tissu opaque, et ils reculent alors, ils sortent de l'eau tandis que Madeleine y entre et défroisse la surface. Ils murmurent, elle nage, une longueur, deux longueurs, elle a la piscine pour elle. Elle sort, sa peau frissonne sous la brise. La croix gammée se rétracte, vivante. Madeleine se sèche. Elle se rhabille, sourit à Bianca qui la dévisage. Anne aussi a vu. La petite fille tend le doigt jusqu'à toucher le tatouage par-dessus le tissu. Elle regarde sa mère. Sa mère se détourne. Dans une semaine, le Sud n'aura plus d'importance. Elles seront ailleurs. Du moins la mère, car Anne restera là, longtemps, dans l'espace horrifiant du tatouage. Déjà ses nuits se peuplent d'insectes semblables, énormes, noirs, voraces.

*

L'errance va durer dix ans. Une ville par an et chaque fois de nouveaux visages, une nouvelle école, une nouvelle chambre, des salles de danse, des vieilles femmes bienveillantes à servir. Dix prénoms, un par an, brouillant les pistes, il ne reste que Lanel dont on ne peut se défaire, Marguerite, Marianne, Marie, Marielle, Marie-José, Martine, Maryse, Maud, Michelle, Monique, dix histoires inventées qu'Anne a renoncé à retenir, laissant parler sa mère de leurs origines imaginaires ancrées une fois à Paris, une autre dans les champs de fleurs, puis successivement dans chaque région traversée. Elles couvrent un territoire qui bute contre l'ancienne ligne de démarcation, Madeleine en a suivi le tracé précis, notant sur un carnet le nom de toutes les communes à ne pas franchir, même les plus insignifiantes, à partir du Sud-Ouest : Saint-Jean-Pied-de-Port, Mauléon, Orthez, Hagetmau, Saint-Sever, Mont-de-Marsan, Roquefort, Auros, La Réole, Sainte-Foy, Castillon, Montpon, Ribérac, Aubeterre, Angoulême, remontant vers le nord et l'est, délimitant la frontière. Peine perdue. Le lieu de la honte, Madeleine le porte en elle. Certaines nuits, elle rêve qu'elle tient les ciseaux retournés contre elle. C'est son sein qu'elle découpe. Elle sectionne une à une les pattes de la bête, elle creuse, mais les membres repoussent comme une queue de lézard, elle tranche à nouveau, les pattes tombent au sol en milliers de rubans et renaissent, il faut arracher la tête, comme on le fait des tiques, des poux qui vous mangent le dedans, alors le ciseau plonge dans son sein, se retire, elle regarde son poing rouge carmin et s'aperçoit avec horreur que la tête, c'est son cœur.

Une nuit, à Lyon, peu après leur arrivée, Anne entre dans la chambre de sa mère déjà couchée. Elle est pieds nus, elle grelotte, le visage bleu dans le clair de lune.

— Qu'est-ce qui se passe ?
— Je veux le voir.
— Voir quoi ?
— Ton sein. La bête y est plus. Elle est sur ma fenêtre.

Madeleine se lève, suit l'enfant qui glisse sur le carrelage.

— Regarde.

Une énorme araignée noire est collée à la vitre. Madeleine ravale son dégoût, saisit une chaussure d'Anne. Elle écrase l'insecte qui éclate avec un bruit sec.

— Elle est morte, hein Mado ? Fais voir !

Et elle tire sur la chemise de sa mère qui se protège, les bras serrés sur la poitrine.

— Je suis sûre qu'elle est partie, Mado, tu l'as bien eue...

— Arrête !

Madeleine s'assoit sur le lit d'Anne. Elle dégage le tissu de sa chemise. Le tatouage apparaît. Elle le recouvre.

— Ça partira jamais, Anne. C'est comme toi. Cette marque, elle m'empêche d'oublier certaines choses. Toi aussi. Tu m'empêches d'oublier le malheur. Ton père était un Allemand, c'est ce que ça veut dire. Moi

je m'en fichais. Tu te demandes, toi, quand tu rencontres quelqu'un, d'où il vient ?
— Non.
— Il m'a plu. C'est tout.
À genoux sur son matelas, Anne triture ses doigts. Sur le sol, par réflexe, les pattes de l'araignée remuent encore.
— C'était un crime. Lui, toi. On me l'a répété sans cesse, on l'a incrusté dans ma peau pour me punir et ça va rester là, comme toi, jusqu'à ma mort, tu comprends ?

Anne arrache des petits lambeaux de peau autour de ses ongles. Elle lui demande pourquoi *elle*, Anne, n'est pas punie. Madeleine fixe le corps en bouillie de l'araignée. Tout d'un coup elle embrasse le front de sa fille, la saisit par les épaules et la secoue, lui ordonnant de ne pas répéter ce qu'elle vient d'entendre, à personne, elle la secoue violemment, la regarde au fond des yeux, elle y verse sa peur, *tu te tairas, il le faut, c'est un secret*, ou bien elle sera punie à son tour, et Anne hoche la tête. Elle a compris. Elle doit parler. Elle va le faire.

Le lendemain, debout face au miroir, Anne dessine à la pointe d'un stylo une croix gammée sur son sein droit. C'est jour de visite médicale à l'école. La stupeur du médecin, l'effroi de l'institutrice laissent l'enfant sans réaction. On lui demande qui a fait ça. Elle répond *moi*, tranquille, et quand on veut savoir pourquoi elle dit qu'elle mérite bien ça. Le médecin haussera les épaules, puis examinera l'élève suivante.

Mademoiselle Chaumet frottera la peau d'Anne jusqu'au sang pour faire disparaître les traces d'encre, qu'Anne reproduira tous les jours malgré les gifles de sa mère, les punitions à répétition et les convocations chez la directrice, et la vieille femme dont Madeleine s'occupe aura la bonté de fermer les yeux tandis que la rumeur se répandra, accomplissant un long et lent travail de reconnaissance, affichant enfin le scandale — *fille de Boche*, ils crieront dans la cour de l'école, *bâtarde* ! Anne sourira, ce sera tellement mieux que n'être personne. Elle écrira *Anne Schimmer* sur ses copies. Madeleine les déchirera, lui ordonnera de les recommencer toutes, caressant la nuque de sa fille tandis qu'elle écrit, la langue entre les dents, *pourquoi tu m'as fait ça, Anna, pourquoi, ça ne s'arrêtera jamais* ? Il y a pire que cette croix gammée sur la poitrine de Madeleine. Il y a cette enfant. Pourtant le soir, quand la petite fille rentrera les joues griffées, droite et fière, quelque chose pliera en Madeleine. Une sorte de tendresse. Elle prendra la main d'Anne. Elle la serrera, elle pourrait lui faire mal. Elle caressera la paume déjà dure, se souvenant des phosphorescences, des lumières furtives qui traversaient le noir des abysses quand elle faisait l'amour avec Joseph Schimmer. Anne fixera sa mère.

— Tu sais Mado, j'ai peur de rien.

Anne écrira des cartes postales à Jeanne, *De toute façon, j'ai peur de rien*, sans dire un mot de la peur possible. Jeanne a maintenant trois enfants. Elle suppliera Madeleine de la laisser l'aider, prendre Anne quelque temps, pourquoi pas, venir vivre chez elle, mettre un terme à l'errance. Mais Moermel est toujours prisonnière des sillons, de l'enfance, derrière la ligne de démarcation. Moermel est le territoire mort.

Parfois, Madeleine entendra Anne qui se parle à elle-même, devant le miroir de la salle d'eau, la photo de Joseph Schimmer dans la main, évoquant de grands voyages, jurant d'apprendre le solfège et le chant et l'allemand quand il sera venu la chercher, tenant la photo contre sa tempe et observant la ressemblance, trait pour trait.

Pendant dix ans, dans chaque nouvelle classe, le premier jour, Anne Lanel informera l'institutrice qu'elle voudrait porter le nom d'Anne Schimmer, qu'elle prononcera « chimère », à la française, sans comprendre ce mot dans sa propre langue, et ignorant que, dans l'autre, il signifie « lueur » ; Anne Schimmer, du nom de son père allemand, qui n'a pas eu le temps de la reconnaître. Un silence saluera d'abord son audace auréolée d'une blondeur extrême, bouclée jusqu'au bas des reins. Puis elle paiera. Partout, des orphelins de guerre, pupilles de la nation, des enfants de déportés, de Juifs gazés par familles entières. Des tonnes de chagrin et de haine.

À dix ans, dans une petite ville du centre de la France où elle est scolarisée, Anne, qui sait par cœur son catéchisme, ne sera pas admise à faire sa première communion. Madeleine ira plaider sa cause. En vain.

— Laisse-moi faire, Mado.

Le lendemain après-midi, alors qu'elle chaussera ses sabots dans la sacristie, la sœur Sabine enfoncera les talons dans un crottin de cheval encore tiède.

Madeleine en rira jusqu'aux crampes. Elle ne lèvera pas la main sur sa fille, et Anne rira aussi, puis elles se regarderont, toutes les deux assises sur le bord de son lit, les yeux mouillés, silencieuses, n'osant pas se toucher. Se reconnaissant dans la souffrance de l'autre, et s'en sachant, confusément, la cause, et la victime.

Une autre fois, plus au sud, plus à l'ouest, un secrétaire de mairie, qui rassemble les paroissiens à la sortie de la messe pour donner les nouvelles de la commune, appellera Anne à ses côtés. Il la fera monter sur une petite marche.

— Vous connaissez la différence entre un Boche et une hirondelle ? L'hirondelle qui fait ses petits en France les emmène avec elle quand elle s'en va. Tandis que le Boche, lui, il les laisse ici.

Dans la même petite ville, ou bien peut-être la scène se passe-t-elle déjà ailleurs, dans un pays de fusils et de marécages, un fermier lancera à l'enfant que sa mère aurait mieux fait de pondre un lapin, au moins ça aurait amusé les chasseurs. Un autre, se gaussant du logement exigu d'Anne et Madeleine dans une ville du Centre, leur conseillera de chercher un blockhaus : « C'est grand, solide, disponible, il y en a pléthore le long des côtes, et comme ça votre fille apprendra comment vivaient ses ancêtres. »

Anne verse de l'encre dans les bénitiers. *Au nom du Père*, bleu sur le front, *du Fils*, bleu sur la chemise, *et du Saint-Esprit*, bleu sur les épaules. Amen. Elle ouvre les portes des poulaillers, elle jette les œufs dans les rivières. Ça n'en finit pas. La guerre continue, autrement. Ennemis en lutte sur le même sol, injures, violences, la guerre n'a pas cessé, combien de temps faudra-t-il ? Madeleine et Anne pourraient sombrer peu à peu dans l'Histoire, comme les deux cent mille femmes et deux cent mille enfants de Boches dont l'existence commence à se fondre discrètement dans la masse. Mais Anne continue d'afficher sa naissance, perpétuant le malheur.

*

Jusqu'à l'automne 1957. Saint-Étienne. Anne a quinze ans, c'est sa dixième rentrée scolaire, sa dixième école. Elle se tient devant le portail, les cheveux dénoués, contrairement au règlement. Elle attend que la cloche sonne, elle n'entrera pas avant. Sa longue silhouette se détache, d'une minceur presque excessive, sur le fond rouillé de la grille. Sa bouche envoie un baiser à Madeleine, qui vient d'avoir trente et un ans et ses premières rides au coin des lèvres. Madeleine fait mine de s'en aller. Dissimulée derrière un arbre, elle observe sa fille jusqu'à ce qu'elle rejoigne les autres. En quelques mois, Anne est devenue effroyablement belle. Elle a le visage de son père, sauf la bouche. La bouche est celle, étirée et charnue, de Violetta. Ses jambes un peu trop fines s'engouffrent sous une jupe à plis. C'est un corps étrange, intimidant par sa taille, ses épaules anguleuses, son rempart de cheveux blonds. Un corps de verre dont il semble qu'on ne peut s'approcher qu'à tâtons, sans bruit, avec des gestes souples et lents, de peur de l'abîmer.

Un garçon brun est debout sur le trottoir, du côté de la rue opposé à l'école. Il attend. Il dévisage Anne. La cloche sonne, Anne plante une épingle dans ses cheveux. Les yeux du garçon croisent ceux d'Anne au moment où sa jupe, suivant le mouvement du corps, virevolte autour de ses genoux. Elle disparaît dans la cour. Le lendemain, et les jours d'après, le garçon se tient au même endroit, les yeux rivés sur le corps d'Anne debout contre le portail. Elle apparaît par intermittence, provisoirement masquée par le passage d'autres filles qui entrent dans l'école. Anne regarde droit devant elle, les yeux dans le vide. Elle semble ne s'apercevoir de rien. Madeleine donne vingt ans au garçon. Il porte des vêtements d'ouvrier tachés de peinture blanche, une casquette sombre, et il sourit, immobile, parce que Anne vient de lui rendre un regard avant de s'évanouir derrière le portail.

Anne se met à tresser ses cheveux. À les nouer de rubans, comme jamais elle n'a permis qu'on la coiffe. Chaque jour le garçon est là, de plus en plus tôt. Anne avance son réveil. Ils semblent se satisfaire d'un battement de cils. Un matin de novembre, devant l'école encore fermée, Anne voit le garçon venir. Il s'arrête face à elle, la rue déserte les sépare. Il ne reste que quelques feuilles sur les branches des arbres qui bordent la cour. Un souffle de vent les détache une à une, lentement, elles frôlent les épaules d'Anne, ses cheveux, effleurent ses seins, ses jambes, et tombent au sol. Le garçon suit des yeux les feuilles dans leur chute. Anne le laisse faire. Madeleine regarde la scène muette, incapable ni d'y mettre fin, ni d'espérer une suite, pétrifiée par une émotion vieille de quinze ans. À huit heures dix Anne tourne les talons. Alors le garçon traverse la rue, ramasse les feuilles délicatement, et s'en va.

Comme à son habitude, Anne a déjà informé les élèves et les professeurs de ses origines allemandes, prévenant toute amitié possible pour elle et pour sa mère, vivant parmi les spectres de son père, de sa grand-mère, les images floues de Jeanne et sa famille, de terres étrangères, de monstres à pattes noires. Quelqu'un, sans doute, le fait un jour savoir au garçon. Le 8 décembre au matin, il n'est pas devant l'école. Le soir, en l'absence de sa mère, Anne décachette une enveloppe adressée « Aux deux salopes du 4, rue de la Mairie ». « Ça pue le Boche et ça n'a pas honte. Ça mérite d'être frottées dedans dehors à coups de trique par du Français de souche, pour apprendre à fermer sa gueule et à se faire oublier. » Le garçon ne vient plus jamais. Anne attend, en vain, sous la pluie, la neige, Madeleine regarde mourir cette espérance si semblable à la sienne lorsque à la porte du couvent, le ventre énorme, elle croyait que Joseph Schimmer viendrait la chercher, la sauver. Il faudrait lui dire, il ne viendra pas, rentre t'asseoir avec les autres, Anna, noie-toi dans la masse confortable des autres filles de ton âge, ressemble-leur, je t'en supplie. Madeleine arrache l'écorce de l'arbre qui la cache, elle gratte le tronc, essaie de ravaler ses larmes, en vain.

Le cinquième jour de cette absence, après l'école, Madeleine trouve Anne assise à la table de cuisine, les paupières gonflées et rouges, les mains en sang. Elle se précipite.

— N'approche pas.

— Mais qu'est-ce que tu as fait, Anna, c'est quoi tout ce sang ?

— Me touche pas, j'ai dit.

— Tu t'es blessée ? On t'a fait mal ? Anna !

— On a qu'à dire ça.

Madeleine s'agenouille près d'Anne.

— Qui t'a fait ça ? Qui ?

— Toi.

Madeleine se relève sans comprendre.

— Moi...

— Pourquoi je suis pas morte, hein ? Pourquoi tu m'as pas tuée ? Personne ne voudra jamais de moi, tu comprends ? C'est ta faute !

Anne se jette sur sa mère, les gifles pleuvent, Madeleine se laisse faire, ce n'est que le plat de la main, Anne pleure, elle hurle, qu'elle déteste sa mère, qu'elle se déteste, elle frappe partout, sur la tête, les épaules, le ventre, le dos de sa mère qui la tient dans ses bras pour ne pas qu'elle s'effondre, elle frappe de moins en moins, et sans force. Elle retombe sur la chaise, molle et secouée de spasmes. Appuyée à la fenêtre, les cheveux en désordre, Madeleine murmure :

— Anna, écoute...

Anne secoue la tête.

— Et arrête de m'appeler Anna...

— S'il te plaît... je t'avais dit, il faut arrêter de parler de ça aux autres, ils ne peuvent pas comprendre.

— Tais-toi.

— Je sais que c'est dur. Tu t'es déchiré les poings contre le mur, hein ?

— C'est que les mains, je m'en fous.

— C'est le garçon ? Parce qu'il ne revient pas ? Il est peut-être malade, ou il travaille ailleurs, tu ne dois pas... Il sait, c'est ça ? C'est parce qu'il sait, Anna ?

— Bien sûr qu'il sait, qu'est-ce que tu crois ! Mais si je suis pas la fille de mon père je suis qui, moi ? Une fille de pute !

— Ma fille.

Anna se lève. Tire la chaise. Elle s'éloigne, traînant les pieds. Elle monte à sa chambre, sans se retourner.

— Non. Je suis ta prison, Mado. Et toi, tu es la mienne.

Madeleine se laisse glisser au sol. Elle ferme les yeux. C'est le dernier jour de l'automne 1957. Dehors la neige tombe, il fait nuit. Les flocons traversent le halo orangé d'un lampadaire.

Pau, 1958. De part et d'autre de la porte d'entrée, chez la vieille madame Frèche, des affiches sous verre. Madeleine les connaît, elles lui sont familières, elle travaille ici depuis plusieurs mois, mais c'est la première fois qu'elle s'arrête devant. Qu'elle les regarde vraiment, une à une. Ce sont des affiches de paquebots naviguant, ou prêts à prendre la mer. Des vues longitudinales de coques noires, monstrueuses, comme peintes par un tout petit homme placé sous la proue, en cale sèche. Des bateaux aux cheminées fumantes voguant à la surface d'un globe terrestre, dans la tache noire que forme l'océan. Des drapeaux tricolores éclatent sur le fond, souvent mouillés d'écume. Et chaque fois, quelque part, la silhouette grisée de la statue de la Liberté, ou une ligne claire de tours, de gratte-ciel en escalier parfois coiffés de toits en triangle. *Le Havre — Plymouth — New York. Compagnie Générale Transatlantique,* lit Madeleine en haut de chaque affiche, *Frenchline,* en lettres rouges, orange, blanches, noires. Les paquebots s'appellent *Chicago, Rochambeau, Paris, Lafayette, Champlain, Normandie, Île-de-France...*

Un grincement de chaise. Madame Frèche penche la tête par la porte du salon.

— Vous aimez les bateaux, mon petit ?

— Vous collectionnez les affiches...

— C'est mon fils. Il est ingénieur. Il les construit, ces paquebots. À Saint-Nazaire. Les paquebots partent sans lui. Ils vont en Amérique.

— Vous êtes déjà montée sur un bateau ?

— J'ai pris l'avion quelques fois dans ma vie, c'est plus rapide. Je n'aime pas la mer.

L'entrée est le lieu obligé pour passer d'une pièce à l'autre, au rez-de-chaussée de la maison. C'est à l'entrée qu'aboutit l'escalier central, là que madame Frèche a placé le téléphone, Madeleine croise constamment les coques lustrées plongées dans l'ombre. L'entrée n'a d'autre éclairage qu'une lampe à abat-jour. Madeleine décale la lampe, déplace l'obscurité d'un mur à l'autre, renvoie à la nuit une statue de la Vierge, et place dans la lumière les affiches sous verre. Celle qui touche le plafond expose un bateau appelé *Liberté.* La hauteur du cadre, à plus d'un mètre au-dessus de

Madeleine, accentue encore la dimension de la coque, elle écrase la mer au-dessous. Une cordelette de drapeaux multicolores traverse le dessin.

— Celui-là, mon fils ne l'a pas construit. Mais il a tout restauré, dedans et dehors.

— C'est beau, ces coques.

— Elles me font peur. Elles sont énormes, mon petit, vous ne trouvez pas ?

— Oui. Justement.

Deux mois plus tard, un matin en revenant du marché, Madeleine trouve madame Frèche immobile dans son fauteuil, les yeux grands ouverts et le cœur arrêté. En trois jours, elle est embaumée, bénie, enterrée, Madeleine se retrouve sans maison, sans travail, sans argent. Elle boucle ses valises. Le notaire la convoque. Il lit à haute voix le testament, qui lui lègue l'ensemble des affiches accrochées dans l'entrée, il en détaille la description exacte et, un à un, les noms des bateaux représentés. Il lit aussi une lettre de la main de madame Frèche, qui recommande Madeleine à son fils, Jean Frèche, ingénieur des chantiers de Saint-Nazaire, pour qu'il lui trouve une place sur un bateau qui sillonne l'Atlantique, entre Le Havre et New York.

*

Un jour de mars 1958, Anne et Madeleine Lanel franchissent pour la première fois l'ancienne ligne de démarcation. Elles ne savent pas précisément où est la frontière, c'est comme sur la mer, entre deux terres, des frontières invisibles existent, que l'on ne peut pas situer mais qu'on attend, dans l'espoir que leur franchissement puisse changer quelque chose, comme s'il signait un début, ou une fin. Elles passent la ligne sans s'en apercevoir, cela n'a pas d'importance, la seule idée de ce passage les projette déjà, et pour toujours, dans une nouvelle page de leur histoire. Elles rejoignent Paris. De la gare Saint-Lazare, elles prennent un train à destination du Havre, où les attend l'ingénieur Jean Frèche. Deux semaines plus tard, elles embarquent sur un paquebot de la Compagnie Générale Transatlantique, à destination des États-Unis d'Amérique. C'est celui de l'affiche située près du plafond : le *Liberté*. Un ancien navire allemand appelé *Europa*, mais Madeleine et Anne l'ignorent alors, construit en 1928 à Hambourg pour la compagnie Norddeutscher Lloyd, utilisé pendant la guerre comme caserne flottante et prévu pour le transport de troupes dans les plans d'invasion de l'Angleterre. Un bateau saisi en 1945 par la US Navy qui l'exploite sous le nom d'*AP 177*, puis le cède à la France en juin 1946 pour compenser la perte du paquebot incendié *Normandie*. L'*Europa* perd son patronyme, sa patrie, il est entièrement dépecé de l'intérieur et rénové, à l'exception des fenêtres rectangulaires du Café de l'Atlantique, stigmates de la défaite allemande dissimulé sous d'épais rideaux. Les deux femmes lisent le mot *Liberté* avant de franchir la passerelle. Les sept lettres se découpent, jaune d'or sur la coque noire, à l'avant du bateau. Le navire se détache du quai, d'abord accompagné par une nuée d'abeilles, remorqueurs qui s'enfoncent dans la brume. Puis les remorqueurs se détachent à leur tour. Il ne reste, autour de la coque, que la mer grise.

Il y a de quoi se perdre. Huit mille trois cent soixante-dix mètres carrés de pont. Sept étages de cabines, de salles à manger, cuisines, salles de jeux, de concert, salons de repos, de musique, de coiffure, de manucure, casino, bibliothèque, fumoirs, chapelle, salle TSF, gymnase, piscine, promenade découverte et promenade vitrée, café, magasins, infirmerie, chambre frigorifique, salle des machines, garage à voitures, pièce de stockage, cantine et cabines des employés. Un effectif de plus de mille cent recrues pour le personnel de bord, dont cent affectées au pont, deux cent soixante aux machines, où ils distribuent l'électricité à travers les mille kilomètres de câbles constituant le réseau du navire, pour que les sept cent cinquante hommes et femmes du service civil assurent le bien-être des passagers : médecins, maîtres d'hôtel, chefs de réception, de cuisine, pâtissiers, boulangers, bouchers, sommeliers, cuisiniers, toastiers capables de produire six cents tartines à l'heure, chefs de rang, cabiniers, nurses, coiffeurs, manucures, grooms, employés du nettoyage, opérateurs de cinéma, photographes, personnel des orchestres, un état-major de soixante-trois têtes et dans tout cela, vingt femmes. Seulement vingt femmes. Dont Madeleine et Anne, qui appartiennent au corps des soixante-quatorze cabiniers et femmes de chambre du navire. Mille trois cents passagers de première classe, classe cabine, classe tourisme parlant au moins six langues, deux tiers d'Américains, quelques Anglais, des étrangers aux idiomes indécis et des étoiles à chaque voyage, Madeleine Renaud, Marlon Brando, William Redfield, Michèle Morgan, Jean Renoir, Fernandel, Annie Cordy, et ceux dont Madeleine et Anne jusqu'à présent ne connaissaient ni le visage, ni, souvent, le nom, l'industriel Peugeot, le député Maurice Schumann, le pianiste Alexandre Brailowsky, le romancier Roger Vercel, les Warner Bros, et tous consomment une profusion de loisirs, ball-trap, golf, ping-pong, shuffleboard sur le sundeck, cinéma, concert classique ou jazz, chant, cours de sports, jeux de cartes, trois cent soixante-treize spectacles par an, danses de salon, danse classique, chorale d'enfants, cirque, tours de chant, matchs de boxe sur ring aménagé ; une profusion d'alcools et de nourriture, pour chaque voyage quatre-vingt mille litres de vins, eaux-de-vie, liqueurs, alcools apéritifs et champagnes, quarante-deux tonnes de glaces en barre, soixante mille œufs, quarante-huit mille paquets de cigarettes, cent quatre-vingts agneaux, quarante-deux bœufs, trente-deux veaux, cent vingt moutons, des kilomètres de petits-fours, biscuits nacrés, sorbets sculptés, mignardises, chocolats et bonbons enrobés de sucre arc-en-ciel se mariant avec les teintes des robes du soir, pailletées, mousseuses, gourmandises satinées assorties aux gâteaux glacés de soie. À chaque traversée, deux cent quatre-vingt mille pièces de linge de maison, quarante-trois mille d'argenterie. Dix mille quatre cents verres à pied. Trente mille repas servis.

 Allongée sur sa couchette, les premiers soirs, Anne lit la brochure du paquebot labyrinthe dans lequel elle s'égare, relit les mots qui décrivent ces lieux composant désormais l'univers. Il y a de quoi se perdre, sur ce navire, et c'est une chance, tant de mouvement, alors Anne cherche des points de repère, des données fixes, imperturbables pour ne pas dériver tout à fait. Elle les trouve dans cette brochure qui pose des noms sur les choses et les ordonne, à plat, sur des plans et des pages de papier glacé. Ce sont des phrases pour ceux qui sont restés à quai, qui ne voient pas de leurs yeux l'intérieur du navire, des mètres de mots pour inviter, pour séduire, pour peindre des images dans des cerveaux étrangers. Qu'imaginent-ils, par exemple, lorsqu'ils lisent, sous la mention *Grand Salon de première classe* : « 40 × 20 m, décoration par Spade, série de caissons lumineux au plafond qui fait verrière traversée de soleil, voûte de neuf mètres, colonnes en laque d'or où des écailles pisciformes jaillissent de bases en gerbes et roseaux, murs revêtus de dilophane et vastes panneaux en verre églomisé polychrome, fauteuils club rouge vermillon d'Aubusson, peintures bleu vif d'Untersteller » ? Anne, elle, retient les formules exactes et y associe des images, soir après soir. Sa mère dort déjà dans la couchette au-dessus d'elle mais Anne continue à lire et à retenir, à la lueur d'une lampe de poche, elle sait que les mots ont du poids, du corps, que les mots dessinent des contours, fabriquent du réel, du vivant, elle apprend par cœur le plan et le descriptif entier truffé de vocabulaire savant, et plus elle en connaît le texte, plus le navire sans attache devient le sien.

Ensuite, Anne parle aux techniciens. Elle veut qu'on lui dise de quoi le bateau est fait, où sont les cent vingt mille chevaux qui le tirent et le repoussent d'un bord à l'autre de l'océan. Ils sont peut-être quatre-vingts à peine, parmi le personnel, qui savent comme elle que le pont-promenade a été renforcé de tôles doublantes de vingt-quatre millimètres, et qu'on a ajouté deux mille cinq cents tonnes de lest dans quatre ballasts de la partie centrale du navire, pour diminuer la fatigue de la coque. Pouvoir se perdre dans un lieu étanche et solide et clos, posé à la surface instable du monde et sans cesse traversé par lui, franchir à l'abri les fuseaux horaires, un à un, dans un sens puis dans l'autre, avançant, reculant sans crainte les aiguilles des horloges et des montres chaque soir, temps inconstant mais prisonnier d'un lieu, le navire, peau d'acier hermétique aux tempêtes.

Ici, pour la première fois depuis dix ans, Anne cesse d'être allemande aux yeux des autres. Elle est l'enfant d'une jeune femme, Madeleine Lanel, qui a perdu son compagnon pendant la guerre. Joseph Schimmer n'est plus son père, c'est le nom d'un territoire caché, un jardin secret dont seule Madeleine a la clé, et le pouvoir de réveiller l'image. Le silence de Madeleine peut réduire ce jardin à une friche et le couvrir d'oubli, Anne s'en rend bien compte. Alors chaque nuit, dans la cabine étroite, elle questionne sa mère.
— Je t'ai déjà raconté, tellement de fois.
— Encore.

— Je suis fatiguée, Anne, ça fait presque seize ans. Je ne suis plus sûre, plus tout à fait, de retrouver son visage, tu comprends ça ? Tu sais tout, je t'ai raconté notre rencontre, la nuit, à Rennes, un soir de couvre-feu. Je t'ai dit qu'il était pianiste, que je ne connaissais pas la musique, qu'ensuite...

Toujours les mêmes phrases, impuissantes à combler l'absence. Alors Anne hurle. Comme elle peut, c'est-à-dire à voix basse, à cause de la porosité des cloisons, dans ce boyau sous-marin où s'agglutinent les cabines du personnel, les oreilles, les corps en veille.

— Je m'en fous de ton histoire ! Je veux savoir... je veux savoir, je sais pas moi, comment il bâille, hein ? Il bâille comment ? Et ce qu'il aimait manger. Et aussi, comment il marchait dans la rue, où il mettait ses bras quand il marchait. Je voudrais savoir si ça lui donnait envie de pleurer, la musique, parce que moi, quand tes vieilles mettaient des disques de piano, j'avais tout le temps les larmes aux yeux. Je voudrais savoir s'il avait des manies, moi je me masse toujours le petit doigt de la main droite, ou s'il avait une manière spéciale de se raser, je ne sais pas si tu l'as déjà vu se raser, est-ce qu'il chantait, maman, mon père, comme toi quand tu fais la cuisine, tu crois que je ne t'entends pas mais je sais bien que tu fredonnes, et d'ailleurs je me demande si c'est ce qu'il jouait au piano, ce que tu fredonnes. Et ses mains, ses ongles, de quoi ils avaient l'air, c'étaient des belles mains, des mains de pianiste ? Je veux que tu me dises comment il posait ses mains sur un clavier, sur une poignée de porte, je veux que tu te souviennes de tout, comment il traversait la rue, comment il fumait, est-ce qu'il fumait ? Je veux le voir danser, courir, monter l'escalier, glisser, tomber, boire une limonade, conduire une moto…

— Je ne sais plus, Anna !

— Débrouille-toi, maman. Il est mort si tu ne sais plus.

Est-ce le mot *maman* ? Est-ce la vue des pieds d'Anne dans la pénombre de la cabine, des pieds de bébé, carrés, encore dodus, aux petits orteils ronds à peine creusés dans la plante, est-ce le mot *maman*, le mot *père*, ou bien la vue de ces pieds adorables posés à plat sur le sol, qui serre la gorge de Madeleine ? Elle promet d'inventer ce qu'elle a oublié. De raconter des histoires, chaque soir, où elle mêlera le vrai et le vraisemblable. Madeleine parle, cherche, se souvient, raconte, imagine, interprète, et lentement, couchée sur son matelas, Anne dessine un corps à Joseph Schimmer. Comme les cueilleuses, dans les champs de fleurs, ont dessiné un corps à Violetta, il y a dix ans. Comme les mots de la brochure font exister le paquebot. Et puis ça y est, un jour Joseph Schimmer se meut dans ses rêves, figure fictive mais vivante, et protectrice comme l'est encore le buste de Violetta sculpté par Bérénice, posé sur le sol de la cabine. Et même un jour, grâce à Len, pianiste de jazz à bord, Joseph Schimmer jouera pour Anne le *Klavierkonzert 21*. Elle sera assise dans le salon de musique, à côté de sa mère. Il est trois heures et demie du matin, elles sont épuisées, d'ordinaire le salon est fermé à cette heure-ci et elles dorment depuis longtemps. Len est de repos ce soir, mais il s'est habillé quand même, pour leur faire plaisir. Il a passé un costume noir. Il a gominé ses cheveux. Il s'est parfumé.

— Joyeux anniversaire, Anne.

Madeleine dira que c'est une surprise pour ses dix-sept ans, rien de plus. Len ouvrira une partition. Il se mettra à jouer. Madeleine perçoit dès le début que le tempo est trop lent. Quelques notes sont fausses et la pédale tenue plus qu'il ne faudrait, mais c'est la mélodie. C'est comme retrouver une maison d'enfance, un lieu, un temps d'où on est né, Anne et Madeleine sont nées du *Klavierkonzert 21*. Len jouera, elles ne se regarderont pas. Elles se tiendront la main, ignorant laquelle des deux a saisi l'autre. Anne n'aura besoin d'aucune explication. La pression des doigts de sa mère sur les siens suffira à faire monter les larmes de l'enfance, celles qui n'ont jamais coulé.

— Ça te plaît ? demandera Len un peu vite, les doigts tout juste détachés du clavier.

Anne hochera la tête. Len sourira, il ne peut pas comprendre.

Pendant deux ans, le *Liberté* cogne les rives de l'Atlantique. New York, pier 88. Le Havre, quai Joannès-Couvert. New York. Le Havre. Entre les deux, la mer, à laquelle Anne reste indifférente, plus préoccupée par l'intérieur du paquebot et le sien : elle se fabrique un père, et une maison. Madeleine, elle, fixe chaque jour pendant des heures l'étendue d'eau, sans obstacle à 360°, son relief changeant de brume et de vagues, qui s'arque à l'horizon suivant la courbe de la terre. Elle contemple l'eau noire comme la coque, la nuit ; il y a des heures, surtout en l'absence de lune, où le ciel et la mer se confondent dans un néant très doux. Le silence et l'obscurité sont si denses qu'on croirait croiser à travers l'espace, sur un vaisseau sans but, en apesanteur. Pendant des mois, Madeleine et Anne ne descendent pas du bateau. Même pendant les escales, qui comptent deux ou trois jours. Elles restent seules à bord. D'un voyage à l'autre, elles regardent, depuis le bastingage, les immeubles pousser sur les rives, les paysages se modifier de chaque côté de l'océan. Au Havre, derrière le front de mer, les ruines persistantes de la guerre d'où émergent les fondations d'une ville neuve peuplée de grues pivotantes, chantier immense et blanc. À New York, une ligne imposante de tours de tailles différentes, une ceinture de béton, de fer miroitant au soleil, où se distingue l'Empire State Building, le plus haut immeuble du monde, la Chrysler Tower au toit d'argent, la Trump et l'hôtel Waldorf Astoria. Le paquebot bute contre le pier 88, repart. Heurte le quai Joannès-Couvert et prend la mer encore, chaque fois plus chétif face aux rivages en construction. Au moment des départs, Madeleine et Anne regardent les facteurs d'armement décapeler les lignes d'amarrage, les aussières tomber à l'eau, la terre disparaître à l'est et puis pointer à l'ouest, plus tard, et vice versa.

Parmi les vingt femmes du bord, deux comptent plus que les autres : celles dont les cabines jouxtent celle de Madeleine et d'Anne.

Rose est la voisine de droite. Elle passe ses journées dans un salon aux fauteuils confortables, parmi les mélanges de parfums chers et écœurants, sous les ampoules blanches des coiffeuses. Elle est assise aux pieds d'hommes et de femmes, rivée sur quelques centimètres carrés d'ongles et de peau qu'elle amollit dans l'eau tiède, masse à l'huile d'amande douce, repousse, coupe, lime, vernit de toute la gamme des roses, rouges, pourpres, des kilomètres de couleurs brillantes ou nacrées étalées au pinceau minuscule, retouches au coton-tige imbibé de dissolvant, huit gestes infimes répétés des milliers de fois tous les jours dans l'unique attente du pier 88, de New York. À chaque escale, les lèvres peintes, les cheveux frisés aux bigoudis, les ongles des pieds et des mains assortis à sa bouche, Rose descend la passerelle en courant et disparaît dans la foule. Elle ne revient que pour dormir et se lève cernée. Elle est là pour ça. Pour New York. Le reste du temps, elle dissimule un mal de mer qui lui soulève le cœur à la seule vue de l'écume. Ils sont nombreux comme elle, sur le bateau, qui contrairement à Anne et Madeleine sont montés non pour les traversées, mais pour les escales. Ils ont connu d'autres lignes avant celle-ci, d'autres escales sur des navires semblables, vers les Antilles ou vers l'Orient, faisant la plonge, répondant aux sonneries, lavant les lunettes des toilettes, grillant des tartines en attendant de mettre pied à terre.

Linda est la voisine de gauche. Une ancienne danseuse du Moulin-Rouge. À quarante ans, c'est la doyenne des femmes de chambre du bateau. Elle était du voyage inaugural, en 1950, et doit à ce titre, ainsi qu'à l'expertise des caresses prodiguées à l'officier de sécurité, le privilège de guider la visite du navire pour les nouvelles recrues féminines. Durant toute la visite de Madeleine et Anne, Linda avait déambulé dans les couloirs, la veste noire ajustée sur la poitrine, le chignon sévère mais les hanches nonchalantes, nommant les pièces sans jamais croiser les yeux de ses interlocutrices, le regard balayant vaguement les alentours, s'accrochant à une veste d'homme, à une silhouette élégante, récitant par cœur d'une voix suave et parfaitement indifférente, étrangère à son rôle.

À la fin de la visite, elle avait pris Madeleine à part, et les yeux fixés sur la mer, par-delà les baies de la promenade, avait murmuré :

— On peut envisager des extras. Dis-moi tes disponibilités, je te solliciterai en conséquence.

Madeleine n'avait pas osé demander d'explication. Ses journées de travail suffiraient à l'épuiser, les heures supplémentaires n'étaient pas nécessaires. Lors de la première traversée, elle comprit mieux la nature des *extras* envisagés. Elle apportait dans leur chambre le petit déjeuner à certains passagers de première classe. Elle frappa à la porte d'une cabine, on lui cria d'entrer. L'homme aux cheveux blancs était encore allongé dans son lit. Madeleine nota son teint hâlé sur la pâleur des draps. Elle posa le plateau sur les genoux de l'homme.

— Voulez-vous beurrer mon croissant, s'il vous plaît ?

Madeleine le fit.

— Goûtez-le.

— J'ai déjà déjeuné, monsieur.

— Je vous dis de le goûter.

La voix de l'homme avait déraillé, imperceptiblement agacée malgré la permanence du sourire.

Madeleine tendit les doigts vers le croissant tiède dont le beurre avait déjà fondu. Elle en mordit le bout, à peine, et le reposa sur le plateau. L'homme souffla. Il ouvrit un petit pot de confiture de fraises, et fit glisser une cuiller à l'intérieur. Il en détacha un fruit.

— Venez vous asseoir au bord du lit.

— Monsieur, si vous n'avez plus besoin de moi, je vais prendre congé.

— Je vous demande de vous asseoir…

L'homme sortit de la manche de sa robe de chambre un billet de vingt dollars.

— Je crains d'être attendue en cuisine, monsieur. Pardonnez-moi.

Madeleine sortit. Linda la rejoignit une heure plus tard.

— Cent dollars pour la cabine de monsieur Fève ! Ma chérie, c'est un bon début. Il veut seulement voir, il ne te touchera pas.

— Non merci.

— Tu plaisantes ? Cent dollars, Madeleine…

— Dis-lui que non.

Linda hocha la tête, lentement.

— Et Anne ?

Madeleine renversa le plateau, le café, les jus de fruits, les yaourts, tout se mêla sur l'uniforme de Linda qui n'eut pas même un mouvement de recul.

— Bien. Alors c'est pour moi.

Et Linda, rejoignant sa cabine pour changer de vêtements, lui glissa dans la main une commission de vingt dollars. Tous les jours de la traversée, l'homme aux cheveux blancs réclama Madeleine au petit déjeuner. Dégustant sa confiture à la petite cuiller, il la regarda chaque matin, depuis son lit, laver à la main, selon sa volonté, ses slips et ses chaussettes sales, penchée au-dessus de la baignoire.

De toute façon, les passagers des deux sexes des paquebots de la Frenchline n'ont aucun doute sur la conduite des femmes employées à bord d'un bateau. Toutes sont des putains, avérées ou en puissance.

À cause de l'existence des *extras*, et de la proximité de Linda, Madeleine ne quitte plus sa fille. Elle a seize ans, une poitrine blanche et ferme, une peau lisse. Seize ans est l'âge du malheur. Jusqu'à ce qu'Anne en ait dix-sept, il n'est pas question que Madeleine la laisse seule. Elle lui interdit de parler aux hommes, sauf nécessité professionnelle. Et si comme sa mère elle suit, chaque jour, une demi-heure de cours d'anglais de base, Madeleine prévient toute conversation entre sa fille et un passager étranger. Anne ne descendra pas du bateau, ni au Havre ni à New York, les tentations sont partout. Rose a beau insister, « Je vous emmène dans Manhattan, je connais bien cette ville maintenant, si vous saviez comme on s'amusera ! », Anne a seize ans, Madeleine ne cédera pas.

— Mais viens aussi, tu verras qu'il n'y a rien à craindre !

Madeleine secoue la tête.

— C'est trop grand pour moi.

— Je te tiendrai la main, si tu veux ! D'où tu viens pour être si trouillarde ? On dirait que tu n'es jamais sortie de chez toi !

Rose éclate de rire et Madeleine sourit parce que Rose a raison, en un sens, jamais elle n'est vraiment sortie de chez elle, sauf une fois, et elle le paie encore. Rose, elle, raconte ses voyages dans les îles, ses rêves d'ailleurs. Elle boit du whisky à petites gorgées, elle s'échappe en songes, en souvenirs, en projets fous, aidée par l'alcool qui multiplie sa gaieté, et les parois de la cabine éclatent sous l'énergie de ses désirs. Madeleine regarde Anne qui regarde Rose, elle se dit *Voilà, toute ma vie est là*. Rose rapporte de ses escapades dans New York des vues panoramiques de Manhattan, prises du 86e étage de l'Empire State Building, des programmes d'opérettes en costumes multicolores, *Kiss me, Kate* mis en musique par Cole Porter, *The Consul, Gentlemen prefer Blondes*, qu'Anne colle aux murs de la cabine, des bouteilles de soda et des beignets au sucre, des disques de jazz, des miniatures de la statue de la Liberté, des cartes postales de la Cinquième Avenue et de Central Park, comme on ferait pour des connaissances restées en France.

Rose ramène aussi des Américains sur le bateau, le soir, qui profitent de l'ouverture du bar du *Liberté* amarré au pier. Anne tend l'oreille. Elle ne leur adresse pas la parole mais elle se tient près d'eux, attentive, et Madeleine, qui comprend à peine l'anglais, regarde terrifiée, attendrie, Anne qui fugue par cette petite porte, la langue, jusqu'à ce que la sirène retentisse et que le bar se vide.

Bientôt, sur le paquebot, Anne parle avec des Américains, des Hollandais, des Anglais, c'est quelques mots seulement au début, juste de quoi les servir. Madeleine n'y peut rien, c'est le cours naturel des choses, des discussions s'ébauchent. Un jour, inévitablement, c'est avec un Allemand. L'homme est monté à bord avec sa femme et sa fille, qui peut avoir l'âge d'Anne. C'est Madeleine qui les sert. Elle les entend parler, elle a reconnu la langue dure, et sensuelle, de Joseph Schimmer. L'homme s'appelle Hans, sa femme Gertrud. La fille s'appelle Anna. Elle doute d'avoir bien entendu mais de plat en plat, d'une bribe de conversation volée à l'autre, *Anna, was willst du essen ? Anna, willst du etwas Wein ? Anna, es schmeckt so lecker !*, on ne peut pas se méprendre. La fille est brune aux yeux verts, forte de taille et de poitrine, le regard doux, et elle s'appelle Anna.

Le père s'adresse en anglais à Madeleine : « More water please, may we have bread ? » « We'd rather have fruits for dessert. » Madeleine ne saisit que les mots essentiels, l'eau, le pain, les fruits, le dessert, elle répond par « yes madam », « yes sir », ou « sorry, we ran out of water/bread/fruits… », formule magique apprise par cœur et déclinable à l'infini. Mais ce jour-là, les mots se précipitent en cascade hors de la bouche de Hans Grünberg, Madeleine fixe les lèvres qui déversent le flot de paroles, elle croit intercepter le mot « anniversary » mais il fond dans l'ensemble, suite de phonèmes impossible à dissocier. Elle attend que se vide cette bouche, puis s'excuse.

— Anne, viens ici. Aide-moi.

L'Allemand reprend, plus lentement, ponctuant régulièrement ses phrases de *understand* ?, les sourcils haussés, et Anne hoche la tête chaque fois, *I understand*. Ensuite, elle dicte à sa mère une commande spéciale pour le repas du soir, huîtres, homard bleu, caviar frais givré de la Volga et sa vodka, douceur de crêpes flambées et Suzette, champagne Moët & Chandon. Le coût du repas impressionne moins Madeleine que l'anglais de sa fille.

— Je m'occupe d'eux, ce soir, tu veux bien ?

Madeleine n'est ni sûre de vouloir, ni capable de refuser.

Pendant le service du soir, elle surveille sa fille. Anne parle aux Grünberg. Elle leur sourit. Au dessert, ils lui offrent une coupe de champagne. Anne cherche sa mère des yeux. Et Madeleine baisse les paupières.

Le bateau est vaste comme une ville mais ils se croisent pourtant souvent, les deux femmes de chambre et la famille allemande, en dehors de la salle à manger, des salons, du café. Le père fait signe à Anne d'approcher. Ils échangent quelques phrases dont plusieurs mots se détachent, *French, German, tea.* Anne traduit :

— Ils m'invitent à prendre le thé. Dans leur suite. Leur fille apprend le français. Ils veulent savoir si je veux bien parler avec elle.

— Et alors, tu en as envie ?

— C'est dans leur suite, maman... il y a des macarons et des fruits confits.

— Vas-y.

Tout le temps passé dans la suite, derrière la porte close, Madeleine attend. C'est une heure de pause, elle a emprunté une revue féminine dans un salon de première, et assise à l'angle d'un couloir, à portée d'yeux de la suite allemande, elle tourne machinalement les pages, elle effleure les photos de femmes en maillot de bain, des publicités de parfum, de crème solaire, de shampoing colorant, elle attend. Elle mouille son index, essuie la marque grise laissée par l'encre au bout de son doigt, compte les cercles de son empreinte digitale imprimés sur le papier. Et recommence. Les femmes à plat en double page, la reine d'Angleterre, Grace Kelly, les lavandes de Provence, l'encre sur les doigts.

Linda referme doucement la porte d'une suite voisine, réajustant sa coiffure.

— Qu'est-ce que tu fais ici, Madeleine ?

— Je lis, tu vois.

— Dans le couloir ?

La porte de la suite Grünberg s'ouvre à son tour. Madeleine se lève, Linda regarde par-dessus son épaule. C'est Anne.

— Tu es là, maman ? Tu m'attendais ?

Ses yeux vont de Madeleine à Linda.

— Je vais à la cabine.

Anne se fraie un passage entre les deux femmes puis s'éloigne, souple, belle, les cheveux détachés. La porte de la suite s'ouvre à nouveau. Monsieur Grünberg apparaît, passe une main dans ses cheveux et serre chaleureusement la main de Madeleine.

— Thank you, thank you very much.

Il prend le même chemin qu'Anne. Linda ricane.

— Je vois qu'on s'est fait des amis... bingo !

— Ma fille donne un cours de français à une petite Allemande.

— Ah oui ?

Linda sourit. Madeleine n'aime pas ce sourire.

— Qu'est-ce que tu t'imagines ?

Madeleine tourne les talons, elle rejoint Anne.

— C'était bien ?

— Tu avais peur maman. Dis-le.

— Comment est la fille ?

— Écoute : « Ich heiße Anne, du heißt Madeleine. » Le père dit que c'est un bon début. Tu as compris ?

— Non.

— Tu ne sais même pas dire comment tu t'appelles ?

— Non.

— Alors vous ne parliez jamais ? Vous faisiez quoi, ensemble ?

— Il parlait français, Anne.

— Anna aussi parle français, elle dit « je être Germain, et jouer Mozart » !

— Il parlait mieux français que toi.

Anne pousse un berlingot entre ses lèvres.

— En tout cas, j'y retourne demain.

Et tous les jours. Et trois semaines plus tard, lors du voyage des Grünberg de New York vers Le Havre, elle y retourne encore.

L'arrivée au Havre a lieu dans la deuxième semaine de mars 1959, quelques jours avant l'anniversaire d'Anne. Les Grünberg descendent, agitent leurs mouchoirs, et s'engouffrent dans la gare de l'autre côté de la passerelle.

— Ils sont de Hambourg. D'où il était, Joseph Schimmer ?

— Je ne sais pas.

Le *Liberté* repart après quarante-huit heures d'escale. Cinq jours plus tard, Madeleine demande au pianiste Len de jouer pour Anne le *Klavierkonzert 21*. Anne a maintenant dix-sept ans. Elle n'est pas enceinte. Elle parle anglais, quelques mots d'allemand, et elle voudrait descendre du bateau, faire escale franchement quelque part, voir Le Havre, voir New York, rire et être légère, une jeune fille de dix-sept ans. Rose récite les premiers vers d'un poème qui dit qu'*On n'est pas sérieux quand on a dix-sept ans*. Anne voudrait juste avoir cet âge, de l'insouciance.

Devant la porte de la cabine, juste après le piano, elle reçoit de Madeleine un second cadeau.

— Demain, Rose t'emmène à New York.

— C'est vrai ?

Tout de suite, Anne prend la main de sa mère, elle court, *viens !*, et elles montent sur la promenade. Une mince couche de neige couvre le pont. Il fait très froid. Les yeux piquent. L'air qu'on respire est si mouillé, si glacé qu'on croirait manger de la neige. Anne et Madeleine s'appuient au bastingage, grelottantes. Des lambeaux de lune oscillent sur l'eau noire. Le ciel est plein d'étoiles et en face, de l'autre côté du pier, des milliers de rectangles jaune d'or, orangés, se découpent sur la nuit. Les lèvres bleues, le froid dans le corps, elles regardent le ciel, la mer, la ville qui se fondent.

— Merci, maman.

À chaque escale, Anne descend. De plus en plus loin. De plus en plus longtemps. Avec Rose, elle s'éloigne du quai, de sa mère, elle danse, elle écoute du jazz, elle mange des frites avec les doigts, triche un peu sur son âge, boit de la bière, va au cinéma, étire les journées jusqu'à la nuit tombée. Elle traverse à pied le pont de Brooklyn, aperçu tant de fois depuis le pont du *Liberté* lors de la remontée de l'Hudson, jusqu'à ce qu'il disparaisse, ou se confonde avec la terre, derrière la côte de Manhattan. Elle part de Brooklyn, elle marche vers les gratte-ciel, elle prend son élan comme pour une course, elle regarde loin devant grossir le bouquet de lumières, ça palpite rouge, jaune, blanc, un feu d'artifice immobile, suspendu dans les airs, c'est elle qui va à sa rencontre, glissant au-dessus de l'eau, elle court vers l'autre rive jusqu'à ce que le champ de lumières soit plus vaste que son champ de vision, qu'elle soit obligée de tourner sur elle-même pour l'embrasser entier, qu'il l'absorbe, qu'elle palpe à 360° l'immensité de l'espace à conquérir. À chaque retour sur le bateau, le *Liberté* a rétréci. Les traversées s'allongent. Elle marche aussi sur les quais du Havre peuplés de silhouettes d'hommes et de machines, de grues, palettes, rails, hangars, enchevêtrements d'ombres et d'objets réels déformés par la lune, par les projecteurs, par ses fantasmes, et, l'alcool aidant parfois, toutes ces formes s'animent, comme les nuages qu'on interprète allongé dans l'herbe les jours de vent, elles prennent corps, épousant tour à tour les contours de machines de guerre, de visages familiers, d'ailes d'anges, de ciseaux monstrueux, cimetière rouillé de la mémoire.

Pendant plus d'un an Madeleine regarde Rose et sa fille s'éloigner au bas de la passerelle, des deux côtés de l'océan, et revenir dans l'obscurité. Elle s'efface déjà des souvenirs d'Anne dans cette page de sa jeunesse, la plus belle, ou peut-être Anne gardera-t-elle en mémoire la silhouette mince qui agitait le bras avant de disparaître, gommée par la masse du bateau et juste après, la sensation de ses doigts qui fouillaient son sac à la recherche d'un miroir de poche et d'un tube de rouge à lèvres.

Un matin de printemps 1960, avant la sonnerie du réveil, Anne s'approche de sa mère et lui bande les yeux. Madeleine crie, se débat, *mais qu'est-ce que tu fais, Anne, qu'est-ce qui te prend* ? Anne rit et lui demande de se laisser faire. Elle l'aide à passer une chemise, un pantalon, et la conduit, stupéfaite, à travers les coursives du *Liberté*. Elle l'assoit dans une pièce qui sent le savon, le chèvrefeuille, et le parfum cher des femmes de première classe. On trempe ses mains dans l'eau tiède, on mouille ses cheveux. Des doigts massent ses paumes, son crâne.

— Qui est là ?

— Qui veux-tu que ce soit...

— Qu'est-ce que vous me faites, les filles ?

Coups de brosse dans les cheveux, sous les ongles, caresses au pinceau sur les joues, les paupières, vernis nacré, crèmes pour les mains, le visage, les cheveux, sèche-cheveux, poudre, laque, parfum, rouge à lèvres.

— Ouvre les yeux !

Un peu éblouie, Madeleine regarde le miroir tendu par sa fille. Ses lèvres sont roses. Ses cils très noirs. Ses joues duveteuses et dorées. Ses cheveux lisses, brillants, tombent sur ses épaules. La dernière fois qu'elle s'est vue dans un miroir pareil, un miroir de coiffeur, elle n'avait plus de cheveux, son crâne était un sexe rasé, elle avait cherché les yeux du FFI plutôt que sa propre image et les avait croisés, pleins de dégoût et de haine. Madeleine se dévisage. Elle a des rides, très fines, même lorsqu'elle ne sourit pas. Ses paupières s'affaissent, à peine, arrondissant la forme de ses yeux, y ajoutant une douceur nouvelle.

— Tu es belle, maman.

Elle est belle, en effet. Ce matin-là, elle porte une robe verte et blanche achetée par Rose et Anne au Macy's Herald Square, dans la Sixième Avenue, des escarpins blancs, et un collier assorti. Elle paraît dix ans moins que son âge. C'est la première fois qu'elle a vingt-cinq ans. Elle descend la passerelle entre Rose et sa fille. Le vent plaque sa robe contre ses cuisses, fait voler ses cheveux dénoués. Elle sourit, sans doute, devinant les regards d'hommes sur son corps, ses jambes alors qu'elle s'éloigne, de dos, vers les immeubles de Manhattan, le menton relevé vers le ciel très bleu. De son visage à ce moment, nous ne savons rien. Comme nous ignorons tout de ce qui suit l'instant où, la frontière du port franchie, la mer perdue de vue, la robe Macy's s'éclipse dans la foule.

Les chaussures des passants couvrent le bruit de ses talons. Leurs parfums l'odeur de sa peau. Leurs respirations son souffle léger, rieur. Plus une trace, si ce n'est dans le rêve qui, peut-être, continue l'histoire.

Trois rêves avant Kleinstadt

J'imagine. C'est le lendemain de la sortie de Madeleine dans New York. Les passagers pour Le Havre embarquent à bord du *Liberté*. Ils sont plus de mille. Parmi eux, un jeune homme. Il est américain. Mince, l'allure d'un joueur de basket : mains larges, muscles tout en longueur. Il mesure plus de deux mètres. D'ailleurs, il est joueur de basket. Lorsqu'ils se croisent sur le bateau, Anne, son corps étiré, presque androgyne, et ce jeune homme blond, pâle, aux yeux bleu dense, semblent se reconnaître. Ils sont le reflet l'un de l'autre, versions à peine sexuées du même motif. Ils se dévisagent, curieux, intimidés, et peut-être cherchent-ils d'autres miroirs en eux.

Il s'appelle George. Anne l'apprend de la bouche d'une femme diaphane qui le suit partout en répétant *George, darling*, et qui est peut-être sa mère. Anne ne le sait pas encore, George n'a pas de père. Comme Anne, l'absence a marqué, imperceptiblement, les traits de son visage, comme elle il lui doit ce voile triste dans les pupilles et ce constant retrait, comme s'il craignait de s'attacher aux choses, aux gens. Tout de suite après cette rencontre, l'image d'Anne surgit dans les désirs de George. C'est un désir immédiat, douloureux. Des mains mirages caressent Anne le soir, dans son lit, ce sont ses mains à lui. Étrangement, George fait deux fois le voyage entre New York et Le Havre en ce printemps 1960, pour des raisons qu'Anne oubliera, plus tard, de lui demander.

Ils se parlent au deuxième voyage, un soir où leurs mères se sont toutes les deux couchées avant eux. Elle lui sert à boire dans un des salons, ce sont des heures supplémentaires payées double qui permettent ses journées à New York, les comédies musicales, les muffins aux myrtilles et les bières illicites dans les bars du Village. Il dit *bonjour*. Sa prononciation polit la sécheresse du « r » qui devient un son doux, mouillé, cela fait sourire Anne. Elle répond en anglais, forçant un peu son accent, on lui a dit qu'il était charmant. C'est au tour de George de sourire. Il boit un, deux, trois verres en feuilletant un magazine. Elle l'observe. Il joue aux cartes, se ronge les ongles. S'arrache des poils de barbe. Enroule un fil autour d'un bouton de sa veste. Pianote sur sa cuisse, les yeux dans le vague. Elle le rejoint à la fin du service. Ils sortent sur le pont. La lune est ronde, l'eau noire. Le bruit des vagues, une petite brise, la solitude du lieu à cette heure évoquent un romantisme un peu niais. Ils rient, gênés. Ils savent bien ce qui va se passer, ce soir, ou demain, ou plus tard. Et parce que la suite est inéluctable ils s'amusent à la défier, ils font durer l'attente en jouant aux enfants sages. Ils comptent les étoiles.

Elle connaît le pont par cœur, les recoins, les abris secrets, la cachette de l'ombre derrière les cheminées. C'est là qu'elle l'attire, dans cette obscurité fragile qu'un simple changement de cap, altérant la position de la lune, suffit à dissiper. Ils s'embrassent vite, mal, ils tombent, ils se cognent. Il soulève la chemise d'Anne, il appuie sa bouche sur chaque centimètre carré de son ventre suivant les lignes de son bassin, de ses côtes, comme s'il voulait la manger, l'engloutir, c'est exactement ce qu'elle pense : il m'avale, je disparais. Il pèse lourd sur elle. Elle sent le poids de son corps, elle dit *encore* et il comprend, il pose ses lèvres partout. Tout d'un coup elle a peur. Qu'il la paie, comme on paie Linda. Elle se fige. Il n'a rien senti. Un froid atroce traverse son corps et il ne sent rien, il continue ses baisers, il compte peut-être le nombre de baisers, le nombre de billets. Il s'en ira tout à l'heure, satisfait, sans un regard pour elle échouée dans la nuit. Anne frappe le visage de George, elle hurle, il s'écarte, les yeux hagards, et plaque une main contre sa bouche. Elle pleure. Il caresse ses cheveux, longtemps. Elle jouit. Il jouit. Cette nuit-là et toutes celles qui suivent. Contre le bois froid, le métal. Elle se rappelle ses premières heures dans New York. Ses jambes légères, son pas élastique. Le picotement du sang dans ses veines, une accélération de tout, du battement de son cœur, du défilé d'images dans son cerveau, du circuit des fluides à l'intérieur de son corps. Et en surface, une excitation énervante, un champ électrique à fleur de peau. Une irrépressible envie de rire, de courir, de s'épuiser. Nuit après nuit, George réveille, en plus denses, les mêmes sensations. Quelque chose d'aussi vague, d'aussi vrai que l'envie de vivre. Elle va durer soixante ans.

Avant cela, il y aura beaucoup d'heures passées avec George au bar du *Liberté* au moment des escales, et des journées entières au lit, dans une chambre de la Neuvième Rue, sous prétexte d'une expédition avec Rose. Au mois de janvier 1961, Anne descendra du bateau, définitivement. Elle s'installera à New York avec George Nelson, qui deviendra son mari, et peut-être, pourquoi pas, le père de ses enfants. On la verra marcher dans les rues de Manhattan, un parapluie rouge audessus de la tête, suivie de groupes venus de France, du Japon, d'Espagne, ou bien parler dans un micro, perchée à l'étage d'un double-decker, Cinquième Avenue, ou encore tendre le bras vers Ellis Island, Staten Island depuis le ferry qui chaque jour fait traverser l'Hudson à des centaines de touristes, un œil toujours disponible pour les paquebots qui croisent au loin, coques rouillées, orange, rouges, bleues, chargées d'hommes, de marchandises ou de pétrole, d'un bord à l'autre de l'Atlantique.

Pour George, ses enfants, ses amis, elle récitera l'histoire d'un père inconnu, mort dans un camp de prisonniers pendant la Seconde Guerre mondiale. Il ne sera ni victime, ni héros, quelques mots suffiront à tracer ses contours et pour le reste, couleur des yeux, traits du visage, une photo encadrée sur la table du salon répondra à toutes les questions. Lentement, le poids de l'enfance s'effacera, remplacé par d'autres nécessités, d'autres genèses exigeantes et neuves, ses enfants. Elle se plaira à s'attarder, par exemple, sans qu'aucun souvenir ne fasse jamais écran, sur un rayon de soleil dans les cheveux de Tom, sur les bulles de savon qu'Emma souffle au visage de son père, sur les doigts miniatures qui tracent à la gouache des formes indécises. Sur l'instant. Cela n'étonnera personne, à ce stade de l'oubli, qu'Anne envisage de changer de nationalité. Un jour, elle voudra commencer des études d'histoire, ouvrir une galerie d'art, devenir conservateur de musée, conférencière à l'université, déménager à San Francisco, se mettre au russe, sauter en parachute. Et devenir américaine. Elle n'en fera rien. Il est des peurs paniques qui poussent des gens, au milieu de la nuit, à vérifier que l'enfant n'est pas mort, qu'il dort, paisiblement, dans son lit. Les projets d'Anne n'auront d'autre motif que de la rassurer, sans cesse, sur l'étendue du champ des possibles.

En 1962, un fait d'histoire, sur lequel le rêve n'a aucune prise : le *Liberté* sera démoli dans les chantiers de La Spezia, en Italie. Madeleine, qui n'a pas quitté le *Liberté*, rejoindra Jeanne. Divorcée, elle s'est installée dans les environs de Clermont-Ferrand, où elle tient une petite brasserie héritée d'un lointain cousin. Par la force des choses, parce qu'elle n'a nulle part où aller, par amour aussi, peut-être, Madeleine décide que le Puy-de-Dôme sera, selon le point de vue, sa dernière ou sa première maison. De cet ancrage, elle n'attendra rien que la fin de la solitude. Ce pourrait aussi bien être Mulhouse ou Montpellier, qu'importe, tant que Moermel, Rennes, Saint-Malo, toute la Bretagne est loin, tant que Jeanne est là. Lors de ses visites annuelles à sa fille, à New York, Madeleine redeviendra la jeune femme solaire en robe verte et blanche de chez Macy's. Ce jour-là, au bout du pier 88, son corps se dissout dans la foule, le tissu, très léger, très doux, frôle ses mollets, à cause du rouge à lèvres elle a un goût de fraise dans la bouche. Anne rit, s'accroche à son bras, elle trouve que sa mère est jolie. Madeleine sourit. Anne et Rose l'ont habillée, maquillée, coiffée selon leur fantaisie, comme on apprête une poupée sans désir ni histoire, et maintenant elles l'exhibent, contentes du résultat. Madeleine se laisse faire, ne dit rien des crampes qui lui serrent l'estomac, de la honte de son corps exposé. Elle est une femme heureuse, ainsi en a décidé Anne et Madeleine obéit, par lassitude, et par amour. Elle est une femme gaie, semblable aux femmes de son âge, elle descend du bateau, du malheur, légère, comme si tout était encore possible.

*

Sur l'autre rivage du rêve, les quais longent une côte sans lumières. Une ville chantier où la guerre n'a pas tout à fait cessé. Les grues, les pelleteuses, les barres de fer plantées dans le ciment se dressent contre la nuit en pics acérés. Le Havre, en 1960, n'est pas encore sortie de ses ruines. Le jour, le blanc des bâtiments neufs, leurs angles douloureux évoquent, par contraste, la vieille cité rasée. Ici, la mémoire résiste, l'oubli est impossible. Les immeubles achevés semblent des embryons de gratte-ciel. Le plan hippodamien de la cité, inspiré par les villes d'Égypte ancienne, a de vagues, pitoyables airs new-yorkais. Ce tableau gris du Havre, c'est la couleur du voile tiré devant les yeux d'Anne ; sur Le Havre et, excepté New York, sur toutes choses.

Au Havre, Anne se promène sans plaisir. Mais elle est seule. Pas un visage connu, pas une présence familière, pas un corps entre le monde et elle, même Rose reste souvent à bord ; elle est libre. Sur le quai Joannès-Couvert, des centaines de manœuvres. Pas une femme. Elle marche sur le port, sans pensées. Rien ne la distrait d'elle-même ; l'avenir ressemble à ce décor, à ce bassin clos, cette eau huileuse, tranquille, coupée du large par un énorme pare-vent. Elle regarde son reflet dans l'eau, elle s'agenouille. Elle ne sait pas nager. Il suffirait d'un rien pour basculer au fond, pour être engloutie par l'eau noire.

À force de parcourir les quais, Anne finit par reconnaître les visages des manœuvres. Ils ne la remarquent pas, ou peut-être baissent-ils les yeux, par délicatesse, elle est la seule femme à s'éloigner ainsi du *Liberté*, à déambuler autour des bassins, de jour comme de nuit. Parmi ces hommes, il en est un aussi brun que George est blond, aussi magnétique, dans sa radicale dissemblance avec Anne, que George l'est dans sa ressemblance. Il s'appelle Ahmed. À cause de son accent, Anne ne sait pas s'il parle sa langue ou le français. Il soulève d'énormes palettes, la peau nue de son dos frémit dans l'effort, vivante, mais les traits de son visage ne s'altèrent jamais, ni durs, ni doux, imperméables à la souffrance du corps. Anne a cette intuition que les lieux pénètrent, puis dévorent ceux qui les habitent, et qu'Ahmed, malgré son nom, sa langue, la couleur de sa peau, porte en lui cette ville triste, la poussière des chantiers, des tonnes de gravats pas encore déblayées, qu'à l'intérieur il est tapissé de béton armé.

Ils sont plusieurs, comme lui, venus de l'autre côté de la Méditerranée, un peu à l'écart des autres, silencieux. On dit à bord que ces gens sont malpropres. On ne les approche pas. Anne choisit Ahmed parce qu'il est le plus brun. Parce qu'il a les cheveux les plus épais. Parce qu'il est, plus encore que les autres, évidemment étranger.

Elle le rencontre la première fois dans un café où Rose et elle jouent aux cartes certains soirs d'escale. Il est assis au comptoir, il fume. Anne est sobre lorsqu'elle se lève. Sous les yeux effarés de Rose, elle marche droit vers Ahmed, vers son visage mi-ombre mi-lumière penché sur le comptoir. Il tourne une petite cuiller dans sa tasse.

— Je m'appelle Anne.

Le type arrête son geste. Laisse sa cuiller choir sur la soucoupe. Il rit un peu, surpris. Anne est sans réaction. Il reprend sa cuiller, il tourne son café. Il regarde Anne, il rit plus fort. Il a peut-être trente-cinq ans, c'est difficile à dire. Il tire sur sa cigarette, il tousse, puis l'écrase dans un cendrier Ricard. Anne reste là, debout devant le tabouret, à la merci de l'homme et des réprobations. Il l'ignore, par dédain, par malaise, parce qu'il la croit folle ou qu'il n'a pas d'argent. Rose se lève à son tour.

— Viens, Anne, on s'en va.

Ahmed paie son café en petites pièces, ajuste sa casquette. En se levant, il frôle l'épaule d'Anne qui se retourne pour le voir sortir.

— Qu'est-ce qui te prend ? Tu es cinglée ? Un Arabe ! Tu te rends compte, si un membre de l'équipage te voyait ? Tu veux te faire lyncher ?

Anne se dégage doucement. Ça lui est égal de savoir qui est vraiment Ahmed, s'il est honnête, docile, voleur, méprisant, généreux, nationaliste, intolérant, curieux, courageux, sexiste, menteur, sensible, doux, misanthrope, elle n'évoque pas une fois, ni devant Rose ni pour elle-même, l'idée de sa personne. La personne, à cet instant, elle s'en fout. Il est arabe, ça lui suffit. Elle va vers Ahmed comme vers une fatalité, et la sensation du tragique lui presse délicieusement les côtes.

Ahmed se fait à cette présence inoffensive. Anne le regarde depuis le pont du bateau, depuis le quai, depuis sa table au Café des Amériques. Il est peut-être tenté, parfois, de jeter un regard par-dessus son épaule pour vérifier qu'elle est bien là, à distance, à l'observer. Un soir, Anne rentre un peu soûle à bord du *Liberté*, après une partie de belote. Au pied de la passerelle, une lueur orange clignote dans la nuit. C'est Ahmed, qui fume une cigarette.

Anne s'assoit à côté de l'homme. Elle relève comme lui ses genoux, les entoure de ses bras. Ils scrutent le noir, l'enchevêtrement confus de la mer, du ciel, des coques. Il demande ce qu'elle veut. Elle répond *vous*.

L'odeur du tabac brun l'écœure et la rassure. Jamais elle n'a respiré un homme de si près.
— On attend quoi ? demande-t-elle.
Il la prend derrière un hangar.
— Tu es une drôle de fille.
Elle lui donne rendez-vous le lendemain, à la même heure. Peu à peu, Ahmed en vient aux caresses, vaincu par l'entêtement de cette femme sans désir et sans amour-propre. On dirait une toute petite fille quand elle se recroqueville avant de se rhabiller, dissimulée derrière ses longs cheveux. Il l'appelle Hanne, en aspirant fort le « h ». Avant de la quitter, il passe un doigt sur sa joue.

Ahmed disparaît du jour au lendemain. Il est peut-être rentré en Algérie, elle ne le saura jamais. Elle aurait pu l'y suivre s'il l'avait demandé. Elle serait allée n'importe où sur ses traces, non par amour, mais par indifférence pour tout le reste. Pour aller quelque part. Pour être à quelqu'un.

Elle marche sur les quais, la nuit, elle croise des ombres, elle pense aux engendreurs d'orphelins, fantômes de Violetta, de la grand-mère inconnue, de Joseph, le père inaccessible, elle pense à sa propre mère, ces femmes auraient pu enfoncer des aiguilles à tricoter à l'intérieur de leur ventre, réussir à tuer l'enfant, ou bien se tuer elles-mêmes. Le long des quais, l'eau est noire et le bassin clos, et l'avenir aussi, noir, clos. Anne décide qu'au malheur il n'y aura plus de suite. Elle n'aura jamais d'enfant.

En 1961, le *Liberté* effectuera son dernier voyage. Promis à la destruction, il cédera la place au *France*, qu'Anne, Rose et Madeleine verront arriver au Havre, tout droit sorti des chantiers de Saint-Nazaire. À terre, il n'y a que Jeanne. Jeanne a divorcé, elle tient une brasserie près de Clermont-Ferrand, dont elle a hérité deux ans auparavant. Ce trio de femmes va vivre ensemble, cuisiner, servir, des années durant, dans une salle aux boiseries claires décorée d'affiches de la Compagnie Générale Transatlantique, sur une minuscule place de village. Rien ne viendra perturber leur existence simple, ni excès de bonheur, ni douleur ; ni homme ni enfant, à l'exception de ceux de Jeanne, deux fois par an, à Noël et à Pâques, qui bientôt auront des enfants, qui auront des enfants, qui auront des enfants.

Cette douce anesthésie, peut-être Anne finira-t-elle par ne plus la supporter. Elle aura envie d'Amérique, de sexe, d'argent, de béton, d'amis, d'une histoire à elle. À la faveur d'un événement extraordinaire, l'écroulement du mur de Berlin par exemple, elle songera, enfin, à un avenir possible. Elle aura quarante-sept ans. Il ne sera pas trop tard.

*

Un homme aussi, dans le troisième rêve. Monsieur Grünberg, cet Allemand dont la fille Anna a conversé en français avec Anne sur le *Liberté*, il y a quelques mois. C'est lui qui fait descendre du bateau Madeleine et Anne, peu de temps après la sortie dans New York en robe blanche et verte.

L'en-tête porte le nom de Grünberg. La lettre est adressée à *Madame Lanel, Paquebot « Liberté », Compagnie Générale Transatlantique, Le Havre, France*. Elle est écrite en anglais. Anne traduit. Monsieur Grünberg lui demande de venir travailler à Hambourg, chez sa sœur, comme jeune fille au pair. Il a pensé qu'elle apprendrait vite l'allemand, et que sa fille Anna serait heureuse de la retrouver. Madeleine sourit. Elle pense que sa fille l'abandonne, et qu'elle ne peut pas l'en empêcher. Elle n'a plus personne. Plus rien.

Monsieur Grünberg envoie l'argent pour deux billets d'avion. Lorsqu'elles posent le pied sur la terre allemande, Anne et Madeleine n'ont pas le temps de s'émouvoir. La douane franchie, Anna retrouvée, Madeleine comprend que pour Anne, Hambourg n'est pas encore au pays de son père. Elle n'a pas l'idée que, peut-être, à deux rues de là, un homme d'une cinquantaine d'années porte le nom de Joseph Schimmer, vivant. Elle reformule, sans s'y attarder, le récit du père mort dans un camp de prisonniers pendant la guerre, voilà tout. Affaire classée.

Tout de suite, il y aura tant de nouveautés. La maison de Bettina Grünberg, une grande bâtisse de briques rouges en première couronne de la ville, avec un piano à chaque étage, cinq enfants turbulents, la chambrette minuscule, sous les toits, à hauteur d'un marronnier touffu, et les nids d'hirondelles. La bicyclette à quatre vitesses qui permet d'embrasser Anna presque chaque soir et d'écouter, pendant des heures, le dimanche après-midi, affalées sur le lit dans la fumée des cigarettes roulées, des disques d'Elvis Presley, de Ray Charles ou de Miles Davis importés des États-Unis.

En décembre 1970, Willy Brandt tombe à genoux devant le mémorial du ghetto juif de Varsovie. Depuis un an, Anne enseigne le français à Berlin. La photographie, en première page des journaux le lendemain, la pétrifie. Elle fait partie des onze pour cent d'Allemands, interrogés par le journal *Der Spiegel*, qui n'ont pas d'opinion sur le geste du chancelier. Elle l'oublie aussitôt, par nécessité. Madeleine, réceptionniste dans un hôtel de Berlin-Ouest depuis sept ans grâce aux largesses du père d'Anna, n'évoquera jamais l'événement avec sa fille.

L'année suivante, Willy Brandt reçoit le prix Nobel de la paix. Ce jour-là, Anne, le ventre énorme, épouse civilement Hans Blaufögel, historien et chercheur. Les vingt années qui suivent ressemblent au cours d'une existence normale, un bonheur ordinaire dont Anne devine bien, lorsqu'elle s'y arrête, qu'il doit quelque chose à cet ancrage en territoire allemand. Jusqu'en 1989.

Non, une fois avant, l'équilibre est menacé. En 1985, madame Grünberg, la mère d'Anna, décède brutalement. Anne et Anna sont seules dans la chapelle. Le cercueil est ouvert. Les mains de la morte sont croisées sur la poitrine, elles tiennent un petit missel relié de cuir fauve. Anne n'en est pas sûre, le mouvement est infime au début, il semble que le livre s'échappe des doigts qui le serrent. Puis il glisse sur le côté, très lentement, suivant le tissu bleu de la robe, il progresse vers les plis de satin blanc. Anna fixe cette chute qui n'en finit pas. Prise de panique elle plonge la main dans le cercueil, elle retient le livre juste avant qu'il ne disparaisse. Dans sa hâte de le replacer, et à cause de son dégoût pour le cadavre, elle bouscule les poignets raides et les repositionne maladroitement. Anne a le temps d'apercevoir, tatoué à l'encre grise sur l'avant-bras gauche de madame Grünberg, le numéro 42329. Il n'est pas nécessaire d'attendre le récit d'Anna. Une honte atroce fait ressurgir l'enfance et les araignées noires ; dans les cauchemars d'Anne, les nuits suivantes, elles lui sucent le cerveau, la moelle, celle de ses enfants. Sur les visages de la famille Grünberg, Anne avait cru lire, dès leur rencontre sur le *Liberté*, la permission d'en finir avec la peur des origines. Face au poignet de madame Grünberg, il ne reste que les faits, nus et sans nuances : *je suis la fille d'un nazi*.

Quand elle est seule à la maison, Anne commence à feuilleter des annuaires. Un Land après l'autre, puisqu'elle ignore la région natale de Joseph Schimmer. Tâche immense et vaine, elle compte trente-cinq Joseph Schimmer en seulement trois Länder, et une partie de l'ex-Allemagne est prisonnière du Mur. Elle abandonne.

Qu'importe le scénario. La chute du mur de Berlin, le 9 novembre 1989, pulvérise les défenses intérieures. Cette journée et celles qui suivent, à New York, à Clermont-Ferrand, Anne ne mange plus, ne boit plus, ne dort plus, elle regarde en boucle les images qu'elle enregistre, sans discontinuer, assise en tailleur à cinquante centimètres du téléviseur, les gravats qui volent, les gerbes luminescentes dans le ciel, partout, les fumigènes, les fusils absents, la porte de Brandebourg franchie dans les deux sens et elle repasse le moment, dix fois, vingt fois, Check Point Charlie assailli par des jeunes exultant de joie, les paupières gonflées à cause des larmes et des fumées, et aussi le visage de cet homme filmé de trop près : il doit avoir son âge, il pleure comme un enfant, il n'essuie pas la morve qui coule sur sa lèvre, et il dit, la traductrice dit que voilà, ça y est, la guerre qu'il n'a pas connue, cette guerre est finie. George, Jeanne, les enfants ne comptent pas à cet instant, et même Madeleine, assise en retrait quelque part, seule peut-être devant l'écran de télévision, qui murmure le prénom de sa fille, Anna, oh Anna.

Si elle est à Berlin, Anne sortira dans la rue, avec les Berlinois. Comme eux, elle voudra toucher le Mur, en griffer la matière, en emporter des pans tagués dans ses poches. Elle verra déferler la foule des Allemands de l'Est, reconnaissables à leurs vestes, leurs cheveux mal coupés, leurs sanglots impossibles à endiguer, elle regardera cet homme en manteau noir, à côté d'elle, filmé de trop près par une caméra de télévision, ses larmes coulent sans discontinuer, et son nez, il n'en a rien à faire, il est dans l'Histoire et l'histoire est belle pour une fois, ça suffira pour reprendre espoir : la blessure de la guerre est refermée.

Maintenant, il faut refermer l'autre. La blessure occultée, la blessure intime dont pour l'instant la télévision, les historiens, l'humanité entière se fout éperdument.

*

Les recherches sont longues, fastidieuses. Les archives de la Wehrmacht ne parlent pas pendant des années. Un jour, elles livrent une adresse dans le Niedersachsen. Le bourg s'appelle Kleinstadt. Joseph Schimmer junior et Christa, sa sœur jumelle, ont deux ans de plus qu'Anne. Il y a beaucoup de stupeur dans cette rencontre, beaucoup de douleur, les mêmes stupeurs et les mêmes douleurs se multiplieraient sur tout le territoire allemand, en deux cent mille points peut-être, si tous les enfants de Boches osaient contacter, eux aussi, le personnel des archives. Anne, Madeleine et les enfants Schimmer ne se voient qu'une seule fois. Les enfants Schimmer sont en colère sans doute, au début du moins, et puis peut-être cessent-ils de ressasser leur peine parce qu'ils ont eu un père, eux, même mort, dont ils portent le nom. Et puis il n'y a rien à reconstruire, rien à leur voler, pas d'autre attente que de se constater mutuellement, ils n'ont aucun passé commun. Ils s'échangent des photographies sans cesser de se vouvoyer. Ils vont ensemble au cimetière, où les restes de Joseph Schimmer ont été enterrés, aux côtés de ceux de sa femme Kathrin. Ensuite, ils se séparent, sans reprendre rendez-vous. Quelques années plus tard, Anne retrouvera dans la poche de son sac à main le petit papier froissé où Christa a écrit son numéro de téléphone portable. Elle n'appellera pas, pas tout de suite, mais elle ne jettera pas le papier. Elle le glissera dans le cadre, derrière la photo de son père, après l'avoir lissé.

*

Kleinstadt ne change rien. Ni à New York, ni en Allemagne, ni à Clermont-Ferrand.

Kleinstadt ne répare rien. Pour Madeleine, pour Anne surtout, c'est juste bon de savoir que ce lieu existe. Qu'on peut le situer sur une carte. Anne vient de quelque part. Elle s'entraîne à le formuler, Jeanne, Madeleine, ses enfants l'aident, ça les fait rire, Anne essaie de paraître naturelle, sans attente, et ça ne marche jamais, elle a toujours ce petit sourire en coin, ces sourcils froncés, anxieux de la réaction de l'autre, et cette façon touchante de se mordre la lèvre, juste après : « Ma mère est bretonne, mon père venait de Basse-Saxe, une toute petite ville pas loin de la mer. Kleinstadt... vous connaissez ? »

REMERCIEMENTS

À mon ami pianiste Jonas Vitaud, qui m'a joué, avant Zimerman, *Nuages gris*, de Franz Liszt,

À mon grand-père, qui m'a évoqué Rennes, capitale de la musique, sans la connaître,

À Jean-Paul Picaper, et aux *Enfants maudits* dont il a recueilli les témoignages, qui m'ont bouleversée,

À l'association *Frenchline*, au Havre, pour son aide précieuse dans la consultation des archives de la Transat,

À Christian Marini et à Mme Guérin, pour les heures passées à parler de parfum et d'Histoire,

Aux Grassois qui m'ont raconté leur guerre,

À Laurence Moutier, professeur d'allemand, pour les traductions subtiles,

Aux proches qui ont traversé ce roman avec moi,

À Cyril,

À Patrick,

À Carine Toly, qui n'a cessé de m'encourager.

Nuages gris	13
Miserere	131
L'entre-deux-terres	145
Trois rêves avant Kleinstadt	209
Remerciements	229

*Achevé d'imprimer
sur Roto-Page
par l'Imprimerie Floch
à Mayenne, le 20 juin 2007.
Dépôt légal : juin 2007.
Numéro d'imprimeur : 68137.*

ISBN 978-2-07-078407-3/Imprimé en France.

149848